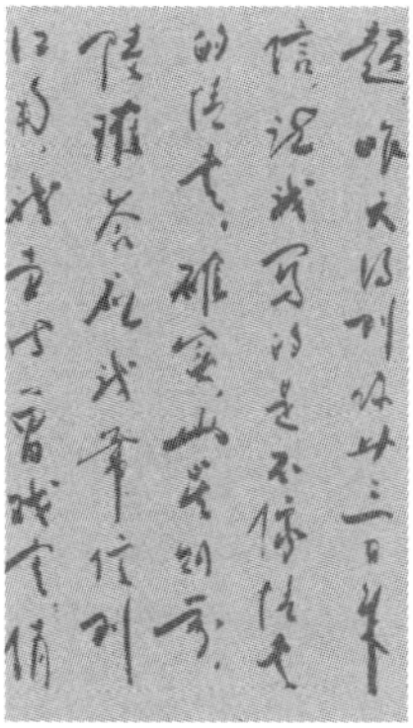

历史回眸

国家出版基金项目

新闻出版总署
社会主义核心价值体系建设
“双百”出版工程重点出版物

中共元勋家书品读

唐洲雁　李扬　编著

中国人民大学出版社
·北京·

目　　录

心忧天下

赤子心声

琴瑟和谐

殷殷期待

心忧天下

周恩来给陈式周的信

（1921年1月30日）

式周表哥：

别仅三月，而东西相隔竟迢迢在三万里外，想念何如！出国后，途中曾数寄片，想均入览。抵欧后，以忙于观览、寄稿及交涉入学事，竟未得暇一报近状，仅于在巴黎时一寄贺年画片，歉殊甚也！

兄之来函，以本月中旬至，彼时弟至英伦已一旬余。来书语重心长，读之数遍，思潮起伏，恨不与兄作数日谈，一倾所怀。积思愈多，执笔亦愈迟缓，一函之报，竟至今日，得毋"望穿秋水"邪？

八弟事，归津作解决，亦良好。此等各人生活之道，总以自决为佳。彼盖勇于一时盛气，苦无持久力，不入纱厂，未始非彼之有见而然也。近来消息如何，来函中亦望提及为盼！

弟之思想，在今日本未大定，且既来欧洲猎取学术，初入异邦，更不敢有所自恃，有所论列。主要意旨，唯在求实学以谋自立，虔心考查以求了解彼邦社会真相暨解决诸道，而思所以应用之于吾民族间者；至若一定主义，固非今日以弟之浅学所敢认定者也。来书示我意志，固弟之夙愿也，但躁进与稳健之说，亦自难定。稳之极，为保守；躁之极，为暴动。然世亦有以保守成功者，如今日之英也；亦有以暴动成功者，如今日之苏维埃俄罗斯也。英之成功，在能以保守而整其步法，不改常态，而求渐进的改革；俄之成功，在能以暴动施其“迅雷不及掩耳”之手段，而收一洗旧弊之效。若在吾国，则积弊既深，似非效法俄式之革命，不易收改革之效；然强邻环处，动辄受制，暴动尤贻其口实，则又以稳进之说为有力矣。执此二者，取俄取英，弟原无成见，但以为与其各走极端，莫若得其中和以导国人。至实行之时，奋进之力，则弟终以为勇宜先也。以今日社会之麻木不仁，“惊骇物议”，虽易失败，然必于此中乃能求振发，是又弟所深信者也，还以质之吾兄，以为如何？

家庭一事，在今日最资学者讨论，意见百出，终无能执一说以绳天下者。诚以此种问题，非仅关系各个民族之伦理观念，人类爱情作用，属于神秘者多，其以科学方法据为讨论工具者，卒无以探情之本源也。惟分而论之，则爱情为一事，家庭又为一事。中国旧式家庭之不合时宜，不待论矣；即过渡时代暨理想中之欧美现今家庭，又何尝有甚坚固之理论与现象资为模仿邪？在国内时，或犹以为欧美家庭究较吾人高出多多，即今日与接触，方知昔日居常深思之恐惧，至今日固皆一一实现矣。盛倡家庭单一说者，其谓之何？惟哥幸勿误会，吾虽主无家庭之说，但非薄爱情者，爱情与家庭不能并论之见，吾持之甚坚。忆去岁被拘时，曾在狱中草一文，惜其稿为警厅人员所没收，不得资之以为讨论耳！即兄所谓“等量并进，辅翼同功，精神健越”，亦不外示爱情之可贵，固无以坚家庭之垒也。弟于此道常深思，有暇甚愿与兄有所深论，兹特其发端耳。过来人亦愿为之证其曲直是非邪？特嫌勾兄心事殊甚，是为过矣。

来书所论“衣食不敷，日求一饱且甚难，即朝朝叫嚣，何裨实际?”兄意以为衣食足后乃得言社会之改革，是诚然矣。然亦唯其“衣食不敷”，方必须“朝朝叫嚣”；衣食足者，恐未必理会“衣食不敷”者之所苦耳。且“衣食不敷”之人何罪，社会乃必使之至于冻饿至死而后已？彼不起而叫嚣，亦终其身为饿殍耳，是社会组织之不平，无法以易其叫嚣也。方今欧美日日喧腾社会之问题，即面包问题耳，阶级问题耳，俄且以是革命矣，德且以是革命矣，英、法、意、美亦以是而政治上呈不安宁之现象矣。是固兄之所谓叫嚣，而终不免于叫嚣也。愿兄有以深思之，当知不平现象中当然之结果，便如是而已。

自治之说渐亦邀有识之士所宣传，殆为九年来统一徒成“画饼”之反动。中央集权，本非大国所宜有，而中国民族性之庞杂，尤难期实现，故地方自治时也，亦势也。兄之宏愿在此，弟之愿固亦尝以此为嚆矢，相得益彰，弟之幸也，何言河海行潦？国内有何好消息关于此类事者，甚望时有以语我！

弟在此计划拟入大学读书三四年，然后再往美读书一年，而以暑中之暇至大陆游览。今方起首于此邦社会实况之考查，而民族心理尤为弟所注意者也。弟本拙于外国语言，谈不易收功，计惟苦读以偿之耳。学费当以得官费与译书两事期之，果均不可行者，或往法勤工耳。英伦地势之大，人口之多，为世界冠，因是交通机关虽便利，而读书则不甚相宜。数月后或往英北部苏格兰首都爱丁堡，亦未可知；至通信地址，则永久不变。

英国生活程度之高为各国冠，每年非中洋千元以上不易图存，其他消费尚不论也。

弟身体甚好，望放心！近状如何，时望来函告知！

匆匆报此，并颂

俪安！

弟恩来

一九二一．一．三〇

【品读】

在周恩来的亲属中，对他早年思想影响较深并且与之交往密切的，当数他的表兄陈式周。周恩来旅欧求学，与之通信来往最多的亲属也是陈式周。陈、周两家有着一定的亲缘关系，是世交。陈式周幼时曾在周家私塾读书，而周恩来幼时又多受陈式周的影响，两人关系密切。1913 年，陈式周经人介绍在《申报》当了一名编辑。他对表弟周恩来的革命行为，一贯采取同情、支持和保护的态度，对他的有关言论给予高度的赞许，默默地支持他的行动。周恩来在天津南开中学读书时，经常写文章寄给陈式周，由陈式周帮他推荐给报馆发表。1920 年底，周恩来去法国前夕，到上海新闻路永泰里向陈式周辞行。陈式周帮周恩来出了路费。临别前，两人彻夜长谈。第二天清晨，在上海十六铺码头，陈式周将周恩来送上法国邮轮“波尔多斯”号，两人又依依惜别。可以说，陈式周对周恩来走上革命道路是有一定影响的。

在这封信中，周恩来函告陈式周他已定居巴黎，并明确提出“中国革命要走俄国革命的道路”的思想，得到陈式周的赞许。信中周恩来坦承自身的所思所想，尤其对英国保守改良道路与俄国激进革命道路的比较，辅之以中国国情的分析，表现出卓越的政治眼光。他还认真讨论了家庭与爱情、个人生存状况与社会公平等问题，体现出一个具有远大志向的青年对未来社会的思考以及个人的抱负，读后让人为之震撼。这些不仅体现了周恩来对陈式周的深厚感情和信任，也表明了两人心灵相通，都在孜孜思索和探求国家、民族的前途命运，这也正是“国家兴亡，匹夫有责”的生动体现。

周恩来给陈式周的信

(1921 年 2 月 23 日)

式周表兄：

在英伦时所发一函，想已入览。昨日得一月十五号手示，甚慰。弟来欧洲计两月余矣，东西迁徙凡三次，初在巴黎住半月余，嗣渡海往英伦，居五星期，前旬复回巴黎。巴黎法京也，弟本志在留英，今舍英而法，此中情形，兄必急欲知晓，而弟亦应早有函报兄也。

弟抵英后即与弟所志入之爱丁堡大学交涉入学事，嗣得该校来函，许弟免去入学试验，只试英文。但该校始业期为十月，试期在九月，中间六七月工夫，只能预备，若居伦敦，则英伦生活程度之高，实难久居。求善于彼者莫若来法，一则用费可省去十之六七，二则此半年中尚可兼习法文。最后尚有一言告兄，则英伦费用年须英金二百镑，合今日中币已逾千元以外，爱丁堡虽省，亦不能下千元，使弟官费不能图成，则留英将成泡影。退身步留法亦属一策，然此时尚不敢骤定，因弟已向国内筹划官费事，或能有小成也。弟现寓巴黎郊外，不久或往外县，缘用费尤能较现居处为省也。来信仍请寄英伦旧址，因彼处可为弟转来，而英法相隔甚近，邮寄迅速，殊甚便人。

在法费用甚省，每月只中币四十元便行，较英伦省多多矣。法文学习尚不难，有英文做帮手尤易。弟本拙于语言的天才，乃不自量，习英文，习日文，不足，又习法文，将来成就，殊难期望。惟弟所敢自信者，学外国文有两道：一求多读，一求多谈，弟则志在多读耳。

英法感触，弟虽以各居一月之经验，然积压亦正不少，谈来殊恨不知从何说起。总而言之，英人重实利，法人重自然，此为世界之公言也，产业之振兴，应用工艺之科学，法不如英，应用于农业上，则英不如法。吾国今日最大之患，为产业不兴，教育不振。吾国立国本以农，然今日之急，又非工农兼重不为功。故弟于此间留学界，闻其精研科学，身入工场实习技艺，甚抱为乐观。至于教育，则根本问题，端在平民身上。使今日之留学界能有彻底的觉悟，回国能不为势动，能不为利诱，多在社会上做一点平民运动，则工场技师，农庄庄师，何不可兼为启诱农工阶级智识之良师。产业与教育之振兴兼程并进，根本方面只要多着一分力，表面上的军阀资本家政客便摇动一块，此种向下宣传，吾以为较空言哲理改造者强多多矣。

前函颇引起弟与兄讨论问题的兴味，何言迂阔邪？

博宇八弟事承关怀，甚感。家中至今尚未有信来，吾固未闻彼有吐血症也。今何犯此，颇系念人。纺织工业本为今世重要产业，我很希望彼能置身此道。使彼银行事终不成，而南通纱厂有机可图，我仍希之为一试如何？

来函何消沉乃尔，与前信迥异，殊甚让远人系念也。兄云“脑病日深”，想由于积累所致，能休养甚好，然弟甚不欲兄从此隐去。兄殊知今日社会需人，无往非是，兄能隐去上海，又焉隐于兄所欲隐之乡邪？故弟为兄计：作事有定时，能减至极少钟点，常至郊外休息，接收天然的美感，排去胸中的积闷，则虽仍居上海，亦与兄无害；否则仍回淮北，为社会上谋一点自治的发展，是亦收效百年的大事。总之，兄方中年，何竟抱悲观。举目禹域，诚难说到乐观，然事亦在人为，吾辈丁斯时艰，只宜问耕耘如何，不宜先急于收获也！

龚府①消息大约总须俟兄回淮北后方克得知。兄如迁移，亦盼早以地址见示为盼！否则迢迢万里，信误“洪乔”②，殊恼煞人！

留英学界有二百余人，留法则已近两千，缘勤工生甚多也。

附去画片数张，聊寄远意，匆匆不尽欲言，顺颂近祉，并问嫂夫人安！

恩来

阳二月二十三日午

【品读】

周恩来到了法国，很快给陈式周写信，告知他在欧洲的学习情况。尤其是在选择赴英还是留法的问题上，周恩来也经历

---

① 龚府，指周恩来的表舅龚荫荪家。

② “洪乔”，语出《世说新语·任诞》。晋代殷羡，字洪乔，任豫章太守。离任时别人托他带书信百余封，行至石头渚，他将书信全都投入水中，并说：“沉者自沉，浮者自浮，殷洪乔不为致书邮。”后人因称不可信托的带书人为“洪乔”。

了一番比较与选择的过程。信中他详细解释了为何最终选择在法国学习的原因，同时对英、法社会的优劣做出了自己的判断。而且他深刻指出："吾国今日最大之患，为产业不兴，教育不振。"这也反映出他时时以家国为念，力图学习西方国家的长处来改造自己的国家。他还一针见血地指出："至于教育，则根本问题，端在平民身上。"这种判断，至今读来仍让人眼前一亮。我们推行素质教育多年，是否使普通平民接受到了好的教育？这恐怕是当政者与教育主管部门都应当思考的问题。

透过此信我们看到，此时的周恩来所思所想主要还在于改造社会，希望通过"平民运动"的形式实现社会的逐步改良。因此，"工场技师，农庄庄师"都在其未来计划之内。这种踏实稳健的方式一定程度上也值得肯定，反映了他不好高骛远，以平和的心态实现社会重建。这些又何尝不是今日中国所需要的？

信中，周恩来还对陈式周予以安慰，劝他不必悲观。人当壮年，应当克服病痛，多接近自然，感受生活的美感。大丈夫仍应当以事业为重，尤须"只问耕耘，不急收获"。这种积极进取而又豁达的胸襟正是周恩来一生真实的写照，也是其获得人们广泛尊敬的重要原因。

另一方面，周恩来对自己的亲友家人也时常关心，正所谓"无情未必真豪杰"。虽然学习工作较为忙碌，他的记挂则一如既往。从他写给亲友的书信中便可以看出他这种忙中未忘的习惯。他是一个善于关心他人、联络感情的人。这种联络，不单纯是为了告慰对方，更主要的是为了加强感情交流、互相沟通以砥砺思想，以便共同前进。

聂荣臻给聂仕光、唐雨衫的信

(1922 年 6 月 3 日)

父母亲大人膝下：

不得手谕久矣。海外游子，悬念何如？又闻川战复起，兵自增，而匪复猖，水深火热之家乡！父老之苦困也何堪？狼毒野心之列强！无故侵占我国土！二十一条之否认被拒绝，而租地期满，又故意不肯交还！私位饱囊之政府，只知自争地盘，拥数十万之雄兵，无非残杀同胞，热血男儿何堪睹此？男也虽不敢云以天下为己任，而拯父老出诸水火，争国权以救危亡，是青年男儿之有责！况男远出留学，所学何为？决非一衣一食之自为计，而在四万万同胞之均有衣食也。亦非自安自乐以自足，而在四万万同胞之均能享安乐也！此男素抱之志，亦即男视为终身之事业也！

前日男与同乡数友，为贷费事呈文驻比使馆转咨省署，兹已回文批准，云适合留学贷费西洋条件，故将此复文并函寄李耀群①。顷接同学来函，云视学已复更人，今再拟致一函与新

① 李耀群，时任四川省江津县政府主管教育的专员。

任视学，但以本县款项支绌，兼又少热心海外教育事业之人，所以省署虽然批准，而本县能否奉行又属问题。然男之继续求学，亦全视乎本贷费之能否实现，不然藉助同学，终多困难，前乞稍兑款资助，亦未见复示，不知大人以为何如？本来云再兑款事，实出诸大人口，然后男方有到比计划。恳乞示知，筹款能否成功？以便进行男之新计划。

比天六月，尚觉为寒，今年天气，殊为奇怪，但男自入寄宿舍后，因空气较好，运动增多，故身体颇有进步。

母亲之照早已寄归，未知收到否？至二婆之像，因邮有失，乞再寄一张，不知已寄来否？母亲和二婆饮食如何？仍如前健康否？

叩禀！

男荣臻跪禀
六月三号

【品读】

聂荣臻，字福骈，四川江津（现重庆市江津区）人。中华人民共和国十大元帅之一，为我国人民解放和日后国防军事现代化做出了重大贡献。

聂荣臻元帅也是我党早期留学欧洲的卓越领导人之一。1919 年 12 月 9 日，聂荣臻和百余名勤工俭学学生，乘“凤凰”号轮船，离开上海，远涉重洋。经过四十余天航行，于 1920 年 1 月 14 日抵达法国马赛港，然后又到首都巴黎。经华法教育会的介绍，到克鲁佐钢铁厂做工，依靠做工获得的微薄收入，勉强维持学习和生活。1921 年 10 月初，聂荣臻考上了费用低廉的沙洛瓦劳动大学，学习化工专业。这封信就是聂荣臻在沙洛瓦劳动大学学习时写给双亲的。

聂荣臻虽然身在异国，心中仍然思念着祖国的安危和人民的疾苦。20 世纪初，中国大小军阀争权夺利，混战不已，国际帝国主义加紧推行侵华政策，民族危亡迫在眉睫，中国人民生活在水深火热之中。信中他对《二十一条》的签订与政府的不作为予以痛斥，认为“拯父老出诸水火，争国权以救危亡，是青年男儿之有责”，可见其强烈的社会责任感。其留学的目的也是希望“四万万同胞之均有衣食”，“四万万同胞之均能享安乐”，最终能够改造社会，造福人民。这封信的字里行间充满了忧国忧民、矢志革命的高尚情怀。

信的结尾提到了自己求学过程中的困难，如实向父母交代自己的想法，坦诚而执著。还有自己对亲人的牵挂，在照片的邮寄往返中表露无遗，这些细节无不反映出革命党人的真性情，让人深受感动。

关向应给关成顺、关成羽的信

（1924 年底）

叔父尊前：

谕书敬读矣。寄家中的信之可疑耶？固不待言，在侄写信时已料及家中必为之疑异，怎奈以事所近，不得不然啊。侄之入上海大学之事，乃系确实，至于经济问题，在未离连以前，以归定矣！焉能一再冒昧？当侄之抵沪为五月中旬，六月一日校中即放假，况且侄之至沪，虽系读书，还有一半的工作，暑假之不能住宿舍耶，可明了矣。至于暑假所住之处，乃系一机关，尤其是秘密机关，故不恣意往返信件，所谓住址未定，乃不得已耳。

至侄之一切行踪，叔父可知一二，故不赘述。在此暑假中，除工作外，百方谋划，使得官费赴俄留学，此亦幸事耶。侄此次之去俄，意定六年返国，在俄纯读书四年，以涵养学识之不足，余二年，则作实际练习，入赤俄军队中，实际练习军事学识。至不能绕道归家一事，此亦憾事。奈事系团体，同行者四五人，故不能如一人之自由也，遂同乘船车北上，及至奉天、哈尔滨等处，必继续与家中去信，抵俄后若通信便利，当必时时报告状况，以释家中之念。

侄此次之出也，族中邻里之冷言嘲词，十六世纪以前的人，所不能免的。家中之忧愤，亦意中事，“儿行千里母担忧”之措词，形容父母之念儿女之情至矣尽矣，非侄之不能领悟斯意，以慰父母之暮年，而享天伦之乐，奈国将不国、民将不民何？“天下兴亡，匹夫有责”，爰本斯义，愿终身奔波，竭能力于万一，救人民于涂炭，牺牲家庭，拼死力与国际帝国主义者相反抗，此侄素日所抱负，亦侄惟一之人生观也。

以上的话并非精神病者之言，久处于出外后之回想，真不堪言矣，周围的空气，俱是侵略色彩，暗淡而无光的，所见之一切事情，无异如坐井观天。最不堪言的事，叔父是知道的，就是教育界的黑暗，竟将我堂堂中华大好子弟，牺牲于无辜之下，言之痛心疾首！以上是根据侄所受之教育，来与内地人比较的观察，所发的慨语！叔父是久历教育界的，并深痛我乡教育之失败，也曾来内地视察过，当不至以侄言为过吧。

临了，还要敬告于叔父之前者，即是：侄现在已彻底的觉悟了，然侄之所谓之觉悟，并不是消极的，是积极的；不是谈恋爱，讲浪漫主义的……是有主义的，有革命精神的。肃此，并叩

金安！

侄向应禀

（改名向应①）

---

① 关向应原名关致祥。

成顺叔父尊前：

代看完交成羽叔父。肃此，敬请

金安！

侄向应禀

家中还恳请

叔父婉转解释以释念

【品读】

关向应1902年出生于辽宁金县一个贫困的满族农家，原名关致祥。他的家乡“关东州”在日俄战争后已沦为日本的殖民地，从小就看到家乡父老饱受战祸滋扰和侵略者凌辱的情景，心中十分愤懑。日本侵略者强行实施的奴化教育尤其使他痛恨。他在《自传》中说：“我十二岁时入日本办的专以教育中国人的普通学校（初级小学），四年毕业。后复入大连公学堂（高等小学），二年毕业。我在这六年中所受教育完全是侵略式的教育，书报都看不明白，国内的情形一点不晓得，思想完全是奴隶的。当我毕业后学堂就把我送一日本商店服务，才作了一个月，因与日本人冲突就辞了。”宁肯回家种地绝不受日本人的欺辱。他说：“做一个中国人，就要有骨气！”

他在大连公学堂读书时，常在学校发的日文课本书眉上批写“中国”、“我是中国人”、“精忠报国”这样的字句，画一些丑化日本侵略者的漫画，抒发他对日本殖民者的仇恨心情；他还参加了反对日本教员殴打中国学生的罢课。1923年，他在泰东日报社做工时，又率众“教训”了辱骂中国人的日本殖民者，迫使此人当众道歉。他愤怒地说：“非把日本帝国主义打走不可！”泰东日报社是关向应接触进步书报、参加革命活动的起点。1923 年，他在泰东日报社结识了以记者身份来到报社开展革命活动的共产党员李震瀛和陈为人，在这两位共产党员的帮助下，懂得了很多革命道理。1924 年 3 月，经李震瀛介绍，关向应加入了中国共产主义青年团，是大连市的第一批共青团员。这年 5 月，他随李震瀛到达上海，帮助先期到达上海的陈为人从事革命工作，同时在上海大学学习。9 月，他被派往莫斯科东方大学学习。这封信正是关向应在临行前写给自己叔父的。

信中抒发了自己救国救民的远大抱负，表达了一个革命者对共产主义的坚定信念和崇高的革命精神，以及希望得到家庭、亲属的理解和支持的心情。

在大连，关向应饱尝了当亡国奴的耻辱。国家的危难，民族的屈辱，在他心灵上留下了深刻的创伤。他认为自己所处的环境，“俱是侵略色彩”，是“暗淡而无光的”。自己的所见所闻，使他“彻底的觉悟了”，并且这“觉悟”是积极的，是有主义的，有革命精神的。于是“天下兴亡，匹夫有责”，他“愿终身奔波，竭能力于万一，救人民于涂炭，牺牲家庭，拼死力与国际帝国主义者相反抗”，这是他素日的抱负，也是他唯一的人生观。怀揣着这样的抱负，关向应远离家中父老，去俄国留学，“意定六年返国，在俄纯读书四年，以涵养学识之不足，余二年，则作实际练习，入赤俄军队中，实际练习军事学识”。但他又为不能“慰父母之暮年，而享天伦之乐”感到愧疚，表达了男儿忠孝不能两全，以国家民族利益为重的情怀。对于自己所从事的工作，关向应对家人透露得很少。为避免出现对党组织不利的情况，他连自己在上海的住处都不肯告诉家人，只是说“住址未定”。可见其一心为公、志在报国的高尚情怀。

王稼祥给王柳华的信

（1925年9月或10月）

柳华弟：

接读来信，得知尊意。

现在我且把我底意见，写在下面：

我们跋涉千里到外面来读书，到底为的什么？是否只想借此弄得一个饭碗，终身做个糊涂虫呢？还是想为我们前途幸福计，去改造社会呢？欲明此理，我们必先要明白今日社会里面知识阶级（我们也在这个阶级）的地位。

今日的社会，是资产阶级与无产阶级对峙的社会。资本家日日压迫工人，工人日日反抗资本家。而我们这些知识阶级是介乎资产无产两阶级之中的，一方面我们受资本家的压迫，他方面我们也在压迫工人。所以进退维谷的知识阶级要想解放自己，只有两条路可走：一、我们帮助资本家阿谀资本家去压迫劳动者，以图获一点余润；二、我们帮助工人去与资本家争斗，以图解放无产阶级，同时即解放我们自己。可是我们要走前一条路，在资本家欢喜我们的时候，可以赐给我们一点利润，一旦反目，即向我们大发威武了。况且资本日日集中，中产阶级渐渐落入无产阶级，我们这些知识阶级，日日有破产的危险，日日有变成纯粹无产者的倾向，你虽向资本家求欢，也无济于事。可见我们唯一的出路，只有帮助劳动阶级去打倒资本阶级，去解放劳动者，去解放自己。

中国今日的资本家是什么人呢？中国今日的无产阶级又是谁呢？简单回答：中国的资本家是帝国主义者和买办阶级。因为帝国主义之形成，是资本家的货物太多资本太厚不得不到国外去侵略，所以到中国来侵略的帝国主义者都是资本家。买办阶级是欢迎外国资本家而发洋财的有产阶级。至于无产阶级就是全国的农人工人。他们受帝国主义者的剥削，受军阀的摧残，已是痛苦到极点不能不起来反抗的。我们应当帮助他们，也可以说是帮助自己，去推倒帝国主义和军阀买办阶级，以图解放。

怎样才可以打倒帝国主义呢？我们必联合被压迫者，共同去革命。

怎样革命才可实现呢？我们必须加入有组织的政党，以一定政策，一定的方法，群策群力，同去干国事才可。不然，徒然说要取消不平等条约，要关税自主，要打倒帝国主义和军阀，谁也不敢相信这是可能的。柳华！你以为然否？

现在还有几个零碎问题解答如下：

1. 国民党现分左右两派，左派是革命的，是反帝国主义的；右派是妥协的，勾结帝国主义的。大半青年，都是左派的分子。国民党的唯一目的，是解放中华民族，是使中国独立于世界之上，本没有什么可怕的地方，请你注意。

2. 青年是国民之一，尤是国民的优秀者，自然应该负救国的责任，既要救国，就必须加入政党。不过加入政党去活动去救国是一件事，专心读书以备将来之用又是一件事，二者是并行不悖，相辅而行的，并不是说加入政党就不读书。至于要加入何党或何团体（有组织的大团体就是政党），那就凭你选择了。

最后，我还要说几句话：

可怜我们受环境的压迫，婚姻不得自由，求学不得自由，择业不得自由，而且一盼前途，就觉茫茫毫无把握，不知自己的生活怎样才可解决。唉！这样的环境，难道不能或不应当把他打碎吗？不过这不是局部问题，乃是政治问题，政治改良，环境自不求自善。柳华，“人是政治的动物”，我们应当负改革中国政治的责①

【品读】

王稼祥是中国共产党早期的重要领导人之一。1924 年，在党的领导下，全国各地掀起了反对奴化教育、收回教育权的反基督教爱国学生运动。王稼祥当时在芜湖圣雅各中学读书。作为圣雅各中学学生的代表，他踊跃参加了这一运动并成为芜湖地区学生运动的领导人。此后，他一面接受了革命斗争实践的洗礼，一面如饥似渴地阅读马列主义的书籍，使自己的人生

---

① 此信现存手稿迄此为止。

观与世界观逐渐转向马克思主义。1925 年 8 月，他退出圣雅各中学，进入上海大学附中三年级学习。当时的上海大学是一所培养革命干部的摇篮，是当时革命空气最浓的学校，校内设有中共党小组。著名的共产党人邓中夏、张太雷、蔡和森、恽代英、瞿秋白都在这里授课。因此，这种革命气氛的熏陶，使他的革命思想有了长足的进步。这封信就是他在这种情况下写给堂弟、旧日同窗王柳华的。

王柳华与王稼祥同村相邻，年纪相差不多。两人曾一起度过了无忧的童年时光，又一起在家乡的柳溪小学同窗 6 年，学习一起用功，有事互相帮助，有手足之情。当王稼祥离家外出求学和追求革命时，两人都流下了依依难舍的热泪。从分别后的第一个月起，两人就书信往来，始终不断。哥哥对弟弟关怀备至，弟弟对哥哥也敬重如山。王稼祥给堂弟写信，不仅是在芜湖写，后来到了上海也写，甚至出国到了莫斯科还写。在信中，他谈工作、谈学习、谈政治、谈革命，有时则讲人生、讲理想、讲抱负、讲道德。苦闷时也交流一些烦恼的心情，发一些牢骚和不平。此时的王柳华也正在南通纺织专门学校读书，也是求学当中的上进青年，故而两人共同语言较多。

这封信没有涉及家庭亲情等内容，而是两个青年人探讨有关阶级地位的问题，探讨对国民党的认识问题，探讨作为有志青年要何去何从的问题。信中他虽然没有直接说明自己人生观的转变，但从他对资产阶级与无产阶级的分析中，从他对国民党的左右两派的认识中，可以清楚地看到他已经坚定了反对帝国主义的立场。作为一个有志青年，王稼祥希望有一个政党或团体能够引导自己，使自己能在这黑暗的社会中找到一个明确的方向，与众多的青年一起去革命，拯救中华民族于危难。对于政党，王稼祥也有自己的认识，他认为自己要加入的政党必须是有组织的政党，而且应该“以一定政策，一定的方法，群策群力，同去干国事才可”。这说明王稼祥对政党已经有了一个清醒的认识，能够以自己的标准辨别一个政党的优劣。在最后，他还提到作为有志青年“应当负改革中国政治的责任”，面对一切的不自由，只有将其打碎，通过改良政治达到振兴国家的目的。

这样的书信读来让人精神振奋，一定程度上反映了那一代革命家的心路历程。作为有为青年，他们立志为中华民族的解放和振兴而不懈努力，这种精神尤其值得后世的青年好好学习领会。

王稼祥给王柳华的信

（1925 年 10 月）

柳华弟：

苦呀！我们处在这帝国主义和军阀的两重压迫之下，自由已剥夺殆尽，生活已日益不安。帝国主义者无辜屠杀我们同胞，军阀随意蹂躏爱国运动，现在这两重压迫已日益加紧了。可是压迫愈紧，反动力也愈大，我们一息尚存，总应拼死命地去向他们猛攻，何患他们没有推倒之一日。柳华，我们应以国民革命的手段，联合国内的革命分子和世界上的被压迫者，去打倒帝国主义，去铲灭军阀，那我们的自由，才可恢复，我们的生活，才可安宁。柳华，愿你努力革命！愿你努力革命！

列宁先生说："没有革命的理论，就没有革命的事实。"①我们既要革命，必须先研究革命理论，实习革命方法。于是我毅然决意到莫斯科进中山纪念大学②，去预备革命了。

---

① 见列宁《怎么办?》第一章第四节。新的译文是："没有革命的理论，就不会有革命的运动。"（《列宁选集》，3 版，第 1 卷，311 页，北京，人民出版社，1995）

② 中山纪念大学，指莫斯科中山大学。它是 1925 年为纪念孙中山而设立的，当时学员主要是中国共产党党员和中国国民党党员。

我不久就要远别祖国，北赴自由之邦，三四年后我再把莫斯科的精神，尽量地带入祖国。柳华，再会吧！

嘉祥

愿你劝告我父母不要悲伤，至要至要！

【品读】

1925年，王稼祥入上海大学附中学习并加入中国共产主义青年团，这年冬天王稼祥将前往莫斯科中山大学学习。这封信正是写于前往苏联的前夕。

而此前，王稼祥几乎因革命而背叛了自己的家庭，所以在信的结尾他还念念不忘让王柳华嘱咐其父母不要悲伤。王稼祥的父亲王承祖是安徽泾县西乡厚岸村的一个小地主兼商人，思想较为传统。1924年，王稼祥以优异成绩免试升入当时教会办的芜湖圣雅各中学高中部。刚过圣诞节，王稼祥就在学校里组织了一次期中罢考风潮，这使他那一生安分守己的父亲感到异常震惊，决心设法管束住这个系着一家希望的独生儿子，不使他走上“邪路”。正好王稼祥过去的英文老师查文梅先生由于十分喜欢他的品貌才学，有意将自己心爱的女儿许配给他。王承祖对儿子能结此翁婿之好，当然十分满意。双方于是开始筹划婚事，而王稼祥则被蒙在鼓里。虽然此前父亲向他提过婚事，他也表示了坚决反对的态度，但父亲心意已决，决定给他尽快完婚。尽管王稼祥向父母苦苦哀求，但仍无济于事，此后他还陷入了众多亲友的包围之中，反抗无效，终于被迫就范。婚后的王稼祥处于精神的极度苦闷之中，几次向人诉说“没有恋爱的婚姻是痛苦的罪恶的”。正在这时，他听说上海一所主要由共产党人办的培养革命干部的高等学校——上海大学还在招生，于是向父亲提出去求学深造。他的父亲自然坚决反对，新婚的妻子更是每天用无声的悲泣来挽留他，只有他的母亲对儿子表示同情。王稼祥对母亲晓以大义，并表示自己既已选定了道路，就决心百折不回地走到底。王母眼见儿子整天茶饭不思，心忧如焚，终于动了恻隐之心。她偷偷背着丈夫拿出一笔仅够交学费的钱，悄悄交给儿子，让他暂时到上海看一看，如果考不上大学就马上回来。王稼祥不顾父亲的极力反对，在母亲的再三叮咛下，毅然离家去了上海。他的母亲还希望儿子不久就能回来，谁知这一别就再也不能重逢了。儿子从此一去不回，将自己的一生全部交给了党，交给了革命。

王稼祥在中学即是学生运动的积极参与者，之前他曾领导同学参加反帝爱国运动，到上海之后更深受马列主义思想的影响。王稼祥已充分认识到中国社会的现实处境，认为必须以革命的理论来指导革命实践，而苏联的成功经验对这批革命青年无疑有着巨大的吸引力。我们可以看到信中洋溢着他对革命的乐观主义精神以及决心为革命献身的豪情。这封信给我们展示了中共早期领导人早年的思想轨迹，也是马列主义在中国传播并产生影响力的生动例证。

王稼祥给王柳华的信

(1926 年 3 月 13 日)

柳华同志：

顷才接读来函，得知你已入民党①，欣喜之至。我听怀德②说，你与久长③今年也进上大④附中，去学习革命，更使我欣喜万分。

庞大的欧洲，自工业革命以后，机器生产，一日日增加，而资本亦日日集中于很少的资本家手中，于是全欧洲的人民，就分成两个对垒，1. 拥有资本的资本家或说资产阶级；2. 一无所有的工人或说是无产阶级。这两阶级的利益冲突一天天利害起来，这里就产生所谓“阶级争斗”了。资本家日日剥削工人，自己的财富一天天大起来，可是贪心不足仍要掠夺利润。

① 民党，指中国国民党。

② 怀德，即朱怀德。

③ 久长，即王久长，王稼祥的同乡。

④ 上大，即上海大学。它是在国共两党酝酿合作的过程中于 1922 年 11 月建立的，邓中夏、瞿秋白、蔡和森、恽代英、肖楚女、任弼时等著名共产党人曾在该校任教，为中国革命培养了一批骨干。

于是各个资本家下力生产货物，在欧国内不能行销出去，于是就开起侵略殖民地，中国就是这种侵略下之一个国家，而这种侵略，就叫作帝国主义。

中国自鸦片战争以后，欧美资本主义的国家日日向中国进攻，直到现在，中国已完全被帝国主义所统治。于是中国的群众，也天天受帝国主义者的剥削，生活日坏一日。帝国主义者因为要保护经济侵略，不得不有政治上的保障，于是遂帮助中国军阀，你打我，我打你，以保持自己的势力，压迫中国的革命运动。

我们要从这种侵略下解放出来，只有用革命去推倒帝国主义不可。要革命，必需有组织的政党来组织民众不可。可是中国革命是世界革命之一部分，中国要打倒帝国主义，各国的无产阶级，也是要打倒帝国主义，所以东方的被压迫的民族，一定要和西方的无产阶级联合起来共同去干革命不可。柳华，你以我底话为然否？你既然加入民党，那末对于革命理论，应当注意，我现姑且介绍你几本书：

1. 《社会主义讨论集》①

2. 中国青年社丛书②

---

① 《社会主义讨论集》一书，共收入陈独秀、李达、周佛海、李季、李汉俊、施存统、许新凯等人关于社会主义的讨论文章二十五篇，1922 年由新青年社出版。

② 中国青年社丛书，指中国青年社从 1925 年开始陆续编著的丛书。其中包括《帝国主义浅说》、《将来之妇女》、《唯物史观》等。

3.《阶级争斗》①

4.《共产党宣言》及《A. B. C.》②

5.《列宁主义》③

6.《向导》④ 及《中国青年》⑤ 周刊

对于你所问的问题回答如下：

1. 中大、东大⑥，全体都是免费，前者属国民党后者属共产党，只有两党派来的学生可以收纳。

2. 没有资格，只要肯革命。

3. 东大学生路费自备，约二百余元，中大学生路费由俄国供给。

4. 在这儿学习革命，将来自然是干革命。

5. 这个问题回答太长，请你多看关于苏俄的书籍及刊物。讲一句话，俄国现在是无产阶级专政的国家，所有从前的被压迫者，现在是非常自由非常快乐。

6. 不一定是宣传，而是告诉我们怎样去向人家宣传。课

---

① 《阶级争斗》，考茨基著，恽代英译，1921年1月新青年社出版。

② 《A. B. C.》，指《共产主义ABC》一书，布哈林著，1926年由新青年社翻译出版。

③ 《列宁主义》，可能指斯大林《论列宁主义基础》一书。1925年4月《新青年》不定期刊第一号曾发表瞿秋白的中译本，书名为《列宁主义概论》。

④ 《向导》，即《向导》周报，当时是中共中央机关报。1922年9月在上海创刊，1927年7月在武汉停刊。

⑤ 《中国青年》周刊，当时是中国共产主义青年团中央委员会的机关刊物。1923年10月在上海创刊。

⑥ 中大，指莫斯科中山大学。东大，指莫斯科东方劳动者共产主义大学。1921年4月成立，是为苏俄国内东部各共和国及邻近的东方各国培养革命干部的学校。

程多属社会科学。

7. 你加入国民党努力去干革命，每年中大皆要招生，你可请求来莫。

8. 自然平等，俄人对于中国人，是非常亲爱的，因为俄负有世界革命的，对于中国革命青年极其爱戴。

9. 新经济政策，是达到社会主义的路径，自然是俄国必取的政策。

10. 你还是在国内研究纺织还是来莫学习？我的回答如下：中国既是受帝国主义的压迫，哪里能提倡实业，就是空口讲讲，也不过做个资产阶级的走狗。我们知道最先进的最革命的是工人，而中国人数的大半也是工人农人，所以我们应以工农之利益为利益。你现在既决意走上革命道路，最好是来莫学习，就是立刻不能办到，我劝你进上海大学，去学革命，上海大学是在中国的中山大学。你以为然否？

昨日是孙文逝世纪念，我们学生与莫斯科俄国党部委员会合开了一个纪念会，会内有著名的俄人托那次基①同志、胡汉民②同志及本校校长 Radik③ 及日本工人领袖片山潜④等的演讲。

---

① 托那次基，今译为托洛茨基。当时任联共（布）中央政治局委员、共产国际执行委员会委员等职。

② 胡汉民，国民党右派。当时任国民党中央执行委员，因廖仲恺被刺案涉嫌赴俄“考察”。

③ Radik，汉语译为拉狄克。

④ 片山潜，日本共产党创始人和领导人之一。当时在苏联任共产国际执行委员会委员。

望你时时慰劝我父母，望你努力革命，更望你能进上海大学，能来莫学习。

再谈。

嘉祥

三月十三日

我的通信处如下：

俄国莫斯科中山大学

王嘉祥

请你把这封信给久长兄看一看。为要为要！

【品读】

1925年冬，王稼祥终于进入梦寐以求的苏联莫斯科中山大学学习。莫斯科中山大学全称为“中国劳动者孙逸仙大学”，是联共（布）中央在孙中山去世后为纪念他而开办的，目的是为中国培养革命人才。当时正是国共合作时期，国民党苏联顾问鲍罗廷于1925年10月7日，在国民党中央政治会议第66次会议上正式宣布莫斯科中山大学的建立。在波澜壮阔的中国现代史上，影响最大的“洋学府”恐怕要数莫斯科中山大学了。这所由俄国人出资创办，并冠以中华民国“国父”孙中山之名的异国学校在上个世纪20年代后期聚集了一大批中国青年之精英，中国政界要员也在这里频频亮相，这里成为培养中国革命人才的摇篮。

这是王稼祥在中山大学学习之后给王柳华的信。他一方面鼓励王柳华到上海学习，接受先进革命思想的洗礼，同时结合自己在苏联学习的体会谈他对欧洲政治以及中国国内形势的理解。他认为欧洲已分化为两大对立阶级，即资产阶级与无产阶级。而资产阶级对外侵略与扩张即是帝国主义的表现，中国正是被帝国主义完全统治的国家。他认为，要改变这种局面还是需要革命的政党并发动和组织无产阶级一起参加革命。这反映他的认识逐步深化，对于革命的理解趋于理性化。他随后回答了王柳华的一系列问题，诸如来莫斯科学习以及今后的出路等等，我们从这里也可以看出此时的王稼祥充满了革命的乐观主义精神。他们对革命的执著信念深深感染着读者，也使我们对革命前辈的无私奉献精神充满敬意。

左权给母亲的信

(1937 年 12 月 3 日)

母亲：

亡国奴的确不好当，在被日寇占领的区域内，日本人大肆屠杀，奸淫掳抢，烧房子等等，实在痛心。有些地方全村男女老幼全部杀光，所谓集体屠杀，有些捉来活埋活烧。有些地方的青年妇女，全部捉去，供其兽行。要增加苛捐杂税。一切企业矿产，统要没收。日寇不仅要亡我之国，并要灭我之种，亡国灭种惨祸，已临到每一个中国人民的头上。

现全国抗日战争，已进到一个严重的关头，华北、淞沪抗战，均遭挫败，但我们共产党主张救国良策，仍不能实现。眼见得抗战失败，不是中国军队打不得，不是我们的武器不好，不是我们的军队少，而是战略战术上指挥的错误，是政府政策上的错误，不肯开放民众运动，不肯开放民主，怕武装民众，怕改善民众的生活，军官的蠢拙，军队纪律的坏，扰害民众，脱离民众等。我们曾一再向政府建议，并提出改善良策，他们却不能接受。这确是中国抗战的危机，如不能改善上述缺点和错误，抗战的前途，是黑暗的、悲惨的。

我们不敢［管］怎样，我们是要坚持到底，我们不断督促政府逐渐改变其政策，接受我们的办法，改善军队，改善指挥，改善作战方法。现在政府迁都[①]了，湖南成了军事政治的重地，我很希望湖南的民众大大觉醒，兴奋起来，组织武装起来，成为民族解放自由战争中一支强有力的力量。因为湖南的民众，素来是很顽强的，在革命的事业上，是有光荣历史的。

我军在西北战场上，不仅取得光荣的战绩，山西的民众，整个华北的民众，对我军极表好感。他们都唤着“八路军是我们的救星”。我们也决心与华北人民共甘苦、共生死，不敢［管］敌人怎样进攻，我们准备不回到黄河南岸来。我们改编为国民革命军后，当局对我们仍然是苛刻，但我军将士，都有一个决心，为了民族国家的利益，过去没有一个铜板，现在仍然是没有一个铜板，过去吃过草，准备还吃草。

母亲！你好吗，家里的人都好吗？我时刻纪念着！

敬祝

福安！

男自林[②]

12 月 3 日于洪洞

---

① 1937 年 11 月 20 日，中国国民政府宣布迁都重庆。1938 年底，蒋介石及国民党最高军事机关始抵重庆。1940 年 9 月 6 日，国民政府明令定重庆为陪都。

② 自林，即左权，自林是他的奶名。

【品读】

左权是中国工农红军和八路军的高级指挥员，是既有理论修养又有实践经验的军事家。他早年习军事于广州陆军讲武学校和黄埔军校，后留学于莫斯科中山大学和伏龙芝军事学院，是位“科班出身”的正规军人。回国后，他从中央苏区到万里长征，从会师陕北到敌后抗战，直到血染太行山，未曾一日离开过人民军队。他全身心地投入中华民族的解放事业，为人民军队的发展、为抗日战争的胜利做出了巨大贡献。左权的一生，是革命的一生，是战斗的一生，是光辉的一生。

1937 年 7 月 7 日卢沟桥事变爆发，日本发动了全面的侵华战争。当年 8 月，中国工农红军改编为国民革命军第八路军，左权被任命为八路军副总参谋长。从此，他随朱德总司令、彭德怀副总司令率部东渡黄河，挺进华北敌后开展独立的游击战争，创建敌后抗日根据地，发展和壮大人民抗日武装力量。他一直是朱德和彭德怀运筹帷幄、统率军队和指挥作战的得力助手，辅佐朱、彭成功地组织了许多重大战役行动。12 月 3 日在洪洞县的八路军总部，左权在行军和战事的间隙，给母亲写了封信，在表达对母亲思念之情的同时，还无比愤怒地控诉了日本侵略军的罪行，并表示：我们决心与华北人民共甘苦、共生死，不管敌人怎样进攻，我们准备不回到黄河南岸来，我们是要坚持到底的！信中左权一方面声讨了国民政府在抗战初期的消极政策，力主发动民众，组织武装形成抗战的新生力量。因此，他寄希望于各地民众组织起来，而且华北的实践证明我党的路线是具备一定群众基础的。

左权作为一名职业军人，在抗战过程中所表现出来的这种大无畏与无私奉献的精神，高度的爱国热忱，反映了他作为我党高级军事将领的胸怀和魄力，值得历史永远铭记。

赤子心声

毛泽东给文正兴、文正莹等的信

（1919年4月28日）

七、八两位舅父大人暨舅母大人尊鉴：

甥自去夏拜别，匆忽经年，中间曾有一信问安，知蒙洞鉴。辰维兴居万福，履瞩多亨，为颂为慰。家母久寓尊府，备蒙照拂，至深感激。病状现已有转机，喉蛾十愈七八，疬子尚未见效，来源本甚深远，固非多日不能奏效也。甥在京中北京大学担任职员一席①，闻家母病势危重，不得不赶回服侍。于阳三月十二号动身，十四号到上海，因事勾留二十天，四月六号始由沪到省。亲侍汤药，未尝废离，足纾廑念。肃颂

福安！

各位表兄表嫂同此问候。

四、五、十舅父大人同此问安，未另。

愚甥毛泽东禀

四月二十八

① 毛泽东当时在北京大学图书馆任助理员。

【品读】

1918年6月，毛泽东从湖南省立第一师范学校毕业。当年8月，为组织湖南赴法勤工俭学运动第一次到北京。在北京期间，担任北京大学图书馆助理员，得到李大钊等人帮助，开始接受俄国十月革命的思想影响。1919年4月初，听闻母亲病重，毛泽东从北京赶回湖南照顾母亲，还将母亲接到长沙治疗，这封信即写于长沙。毛泽东是孝子，尤其与母亲有着深厚感情。他自己曾在与斯诺的谈话中提到，少年时代，他的家庭分成两派，母亲和他及弟弟们是一派，父亲是一派。在家中，许多方面毛泽东都与母亲心心相印。

从这封信中我们可以体会到毛泽东对母亲的一片孝心。文正兴与文正莹是毛泽东的七舅父与八舅父，信中用了很大篇幅去叙述母亲的病情，感谢二位舅父对母亲的照顾。作为长子，母亲病重自然应当回去服侍。一年多以来，毛泽东为母亲的病焦虑劳顿，连北京大学图书馆职员的差事，都辞掉了。1919年春，他闻讯母亲病重，甚是惦念，也很内疚。立刻回到长沙"亲侍汤药，未尝废离"。在长沙陪母亲治病期间，毛泽东曾和弟弟泽民、泽覃搀扶着老母到照相馆合影留念，这是文素勤一生中唯一的一次照相。不久，毛泽东忙于驱逐军阀张敬尧的运动，母亲由泽民陪同返回故里。

1919年10月初，毛泽东收到母亲病危的特急家信，急忙带着小弟泽覃奔向韶山。可是当他们赶到时，母亲已入棺两天了。毛泽东内心极其悲痛，长时间默默无声地守在灵前。10

月 8 日，他席地而坐，独对孤灯，写出了一篇情深意切的《祭母文》："吾母高风，首推博爱。远近亲疏，一皆覆载。恺恻慈祥，感动庶汇。爱力所及，原本真诚。不作诳言，不存欺心。整饰成性，一丝不诡。手泽所经，皆有条理。头脑精密，擘理分情。事无遗算，物无循形。……病时揽手，酸心结肠。但呼儿辈，各务为良。"

同时作泣母灵联两副："疾革尚呼儿，无限关怀，万端遗恨皆须补；长生新佛学，不能住世，一掬慈容何处寻?""春风南岸留晖远，秋雨韶山洒泪多。"

一代伟人对于母亲的感情可见一斑。中华人民共和国成立后，毛泽东忙于国务，无暇脱身，直到 1959 年 6 月 25 日，他才第一次回到阔别 32 年的故乡。第二天一早，他就来到父母墓前祭悼。下山回到住所，他对随行的罗瑞卿说："我们共产党人是彻底的唯物主义者，不信什么鬼神。但生我者父母，教我者党、同志、老师、朋友也，还得承认。我下次再回来，还要去看他们两位。"参观旧居时，他还对身旁的人说："我父亲得的伤寒病，我母亲颈上生了一个包，穿了一个眼。只因为是那个时候……如果是现在，他们都不会死。"他的话讲得很轻，含着深沉的怀念。

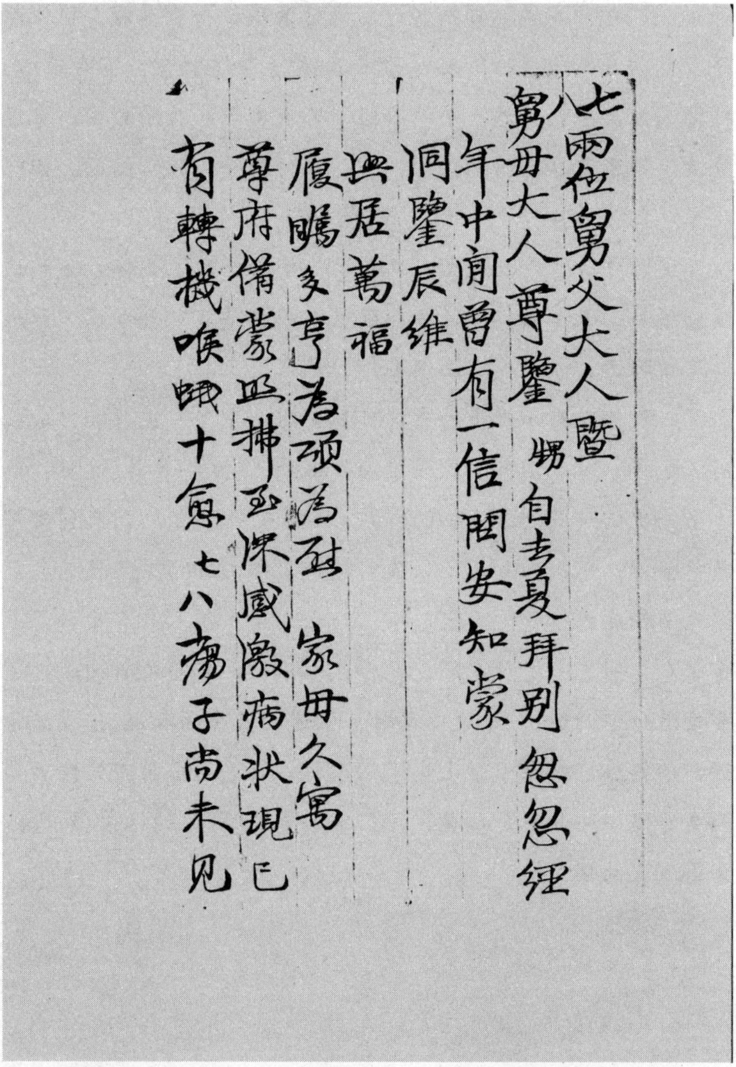
七八兩位舅父大人暨
舅母大人尊鑒 甥自去夏拜別 忽忽经
年 中间曾有一信問安 知蒙
洞鑒 辰维
興居萬福
履矚多亨 為頌為慰 家母久寓
尊府 備蒙照拂 至深感激 病狀現已
有轉機 喉蛾十愈七八 瘍子尚未见

毛泽东给文正兴、文正莹等的信（1919 年 4 月 28 日）（1）

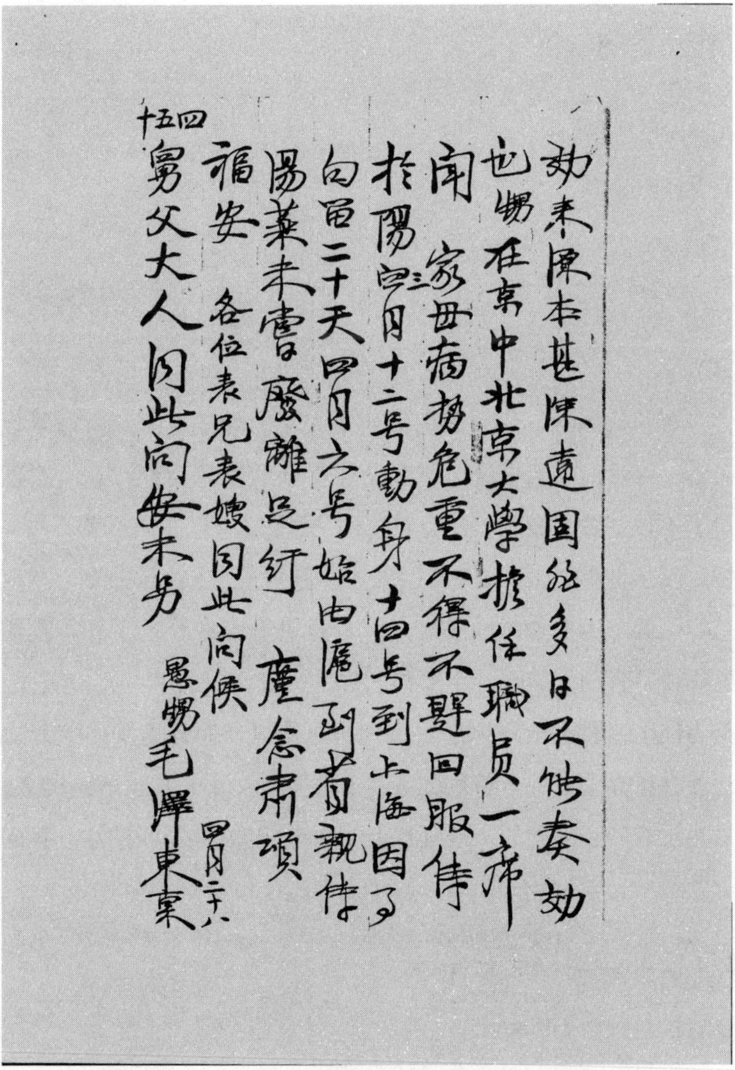
効來源本甚深遠固非多日不能奏効
也甥在京中北京大學擔任職員一席
聞家母病勢危重不得不趕回服侍
於陽曆三月十二号動身十四号到上海因事
勾留二十天四月六号始由滬到省親侍
湯藥未嘗廢離足紓 廑念肅頌
福安 各位表兄表嫂同此問候
十五四
舅父大人同此問安未另
愚甥毛澤東稟 四月二十八

毛泽东给文正兴、文正莹等的信（1919 年 4 月 28 日）（2）

向警予给向瑞龄、邓玉贵的信

(1920 年 8 月)

爹爹妈妈呀，我天天把你两老人家的像放在床上，每早晚必看一阵。前几天早晨，忽然见着爹爹的像现笑容，心里欢喜得了不得。等一会儿，便得着五哥①的平安家报。今天晚上九点钟，新从世界工学社②旁听回来。捧着你老人家的像一看，忽现愁容，两个眉毛紧紧地锁着，左看也不开，右看也不开，我便这样说：我的爹爹呀，不要愁，你的九儿③在这里，努力做人，努力向上。总要不辱你老这块肉与这滴血，而且这块肉这滴血还要在世界上放一个特别光明。和森④是九儿的真正所爱的人，志趣没有一点不同的。这画片上的两小⑤也合他与我的意。我同

---

① 向警予的五哥，即向仙良（1888—1963），日本京都府立医科大学毕业，回国后，先后在长沙等地创办医院。

② 世界工学社，是当时留法学生中信仰无政府主义者的组织，后来被改造成为勤工俭学学生的领导组织。

③ 向警予在家中排行第九，故家人称其为“九儿”。

④ 即蔡和森（1895—1931），湖南双峰人，中共早期重要领导人，1920 年在法国与向警予结为夫妻。

⑤ 画片上的两小，指向警予给父母亲寄的明信片正面印有两个外国小孩。

他是一千九百廿年产生的新人，又可叫做廿世纪的小孩子。

【品读】

向警予是我党最早的女党员之一，被誉为我国“妇女运动的先驱”。她1919年赴法勤工俭学，1920年与蔡和森结婚，1921年回国，不久便加入中国共产党并在党的“二大”上担任党中央第一任妇女部长，开始领导中国最早的无产阶级妇女运动。1928年由于叛徒的出卖，她不幸被捕。敌人三番五次对她审讯和毒打，但她坚贞不屈，表现了共产党人的崇高气节和优秀品质。在牢房里，她常常对着父亲的照片说：“我的父亲是最爱我的，我拿什么报答他呢?”可见她对父亲、对亲情的深深眷念。

在这封寄自遥远的法国的女儿来信中，那一声“爹爹妈妈”，喊出了女儿对父母的深情，融化了天下每一颗父母的心。每天早晚对父母相片左看右看，正是女儿对父母亲思念却不能相见的精神寄托。信中那句“你的九儿”既是女儿对父母的撒娇，体现了父母对女儿无尽的疼爱与怜惜。“和森是九儿的真正所爱的人，志趣没有一点不同的”，是向警予对真爱的直白，希望得到父母亲的谅解。

这封信看似柔情似水，但谈到自己的志向时却坚定不移。“努力做人，努力向上”，是向警予的人生准则；“在世界上放一个特别光明”，是她的人生目标；“我同他是一千九百廿年产生的新人”，是她对终身伴侣的坚定选择。这封家书，既抒发了向警予对父母的思念之情，也表明了自己立志献身于妇女解放运动的决心。

任弼时给任思度的信

(1921 年春)

父亲大人膝下：

前几天接到四号手谕，方知大人现已到省，身体健康，慰甚。千里得家书，固属喜极，然想到大人来省跋涉的辛苦，不能说是非为衣食的奔走所致，若是，儿心不觉顿寒！捧读之余，泪随之下！连夜不安，寝即梦及我亲，悲愁交集，实不忍言。故儿每夜闲坐更觉无聊。常念大人奔走一世之劳，未稍闲心休养，而家境日趋窘迫，负担日益增加，儿虽时具分劳之心，苦于能力莫及，徒叫奈何。自后儿当努力前图，必使双亲稍得休闲度日，方足遂我一生之愿。但儿常自怨身体小弱，心思愚昧，口无化世之能，身无治事之才，前路亦茫茫多乖变，恐难成望。只以人生原出谋幸福，冒险奋勇男儿事，况现今社会存亡生死亦全赖我辈青年将来造成大福家世界，同天共乐，此亦我辈青年人的希望和责任，达此便算成功。惟祷双亲长寿康！来日当可得览大同世界，儿在外面心亦稍安。

北行之举①前虽有变，后已改道他进，前后已出发两次，来电云一路颇称平静，某人十分表欢迎。儿已约定同志十余人今日下午起程，去后当时有信付回。沿途一切既有伴友同行，儿亦自当谨慎，谅不致意外发生，大人尽可勿念过远。既专心去求学，一年几载，并不可奇，一切费用，交涉清楚，只自己努力，想断无变更。至若谋学上海，儿前亦筹此为退步之计，不过均非久安之所，此时既可成功，彼即当作罢论。

昨胜先②妹妹来函云陈宅有北迁之举，不知事可实否？仪芳③读书事，乃儿为终身之谋，前虽函促达泉④大哥，彼对儿无正式答复，可怪！

【品读】

任弼时是我党老一辈无产阶级革命家，早年即投身革命。1921年5月中旬，在他即将从上海启程赴莫斯科留学时，给父亲任思度写了这封信。而此时的中国社会正处于大变革时期，前途茫茫。为了国家，为了理想，他踏上了新的征程。

在这封寄自黄浦江边的家书中，任弼时因为父亲“来省跋涉的辛苦”，不禁“泪随之下”，表现了独在异乡的游子对双亲的关心与惦念。一句“寝即梦及我亲，悲愁交集，实不忍言”，道出了孝子不能侍奉双亲的辛酸与无奈。任弼时是个孝子。即便在学习工作都很繁忙的情况下，他仍时时念及家中情形。任

---

① 指赴苏俄留学。
② 胜先，即任胜先，任弼时的堂妹。
③ 仪芳，即陈琮英。当时是任弼时的未婚妻。
④ 达泉，即陈英楷，陈琮英的哥哥。

父是一位比较开明的人士，靠教私塾维持生计，曾跟维新派一起创办过学校，宣扬维新变法主张。他在对孩子们进行的启蒙教育中，灌输的基本上都是历史上勤奋勇敢和爱国的故事。在课堂上教国文时，经常向孩子们介绍帝国主义列强是怎样侵略中国的，清朝封建专制政府是怎样腐败的，我们的国家主权是如何丧失的，使幼年的任弼时接受着民主主义与爱国主义的熏陶。在任弼时少年时代的作文中，我们可以窥见他思想发展的源头。在《自立》一文中，他主张“欲保国家非自立不可”；认为必须把人民组织起来，才是“以强欲强之道”，要求必须提高全国人民的爱国心，才能“不受外侮”，“不至为外人奴隶”。可以看出，少年时代的任弼时，就有了关心国事的思想和挽救祖国危亡的抱负。

“我辈青年将来造成大福家世界，同天共乐”，抒写了任弼时寻求真理、改造中国的远大志向。这封信篇幅较短，但叙事完整，感情丰富。一方面怀有寻求真理、改造中国的伟大抱负，另一方面又时刻惦记着父母亲与家中亲人。双重的感情，在国与家的矛盾中重合，细微之处更显人格的伟大。

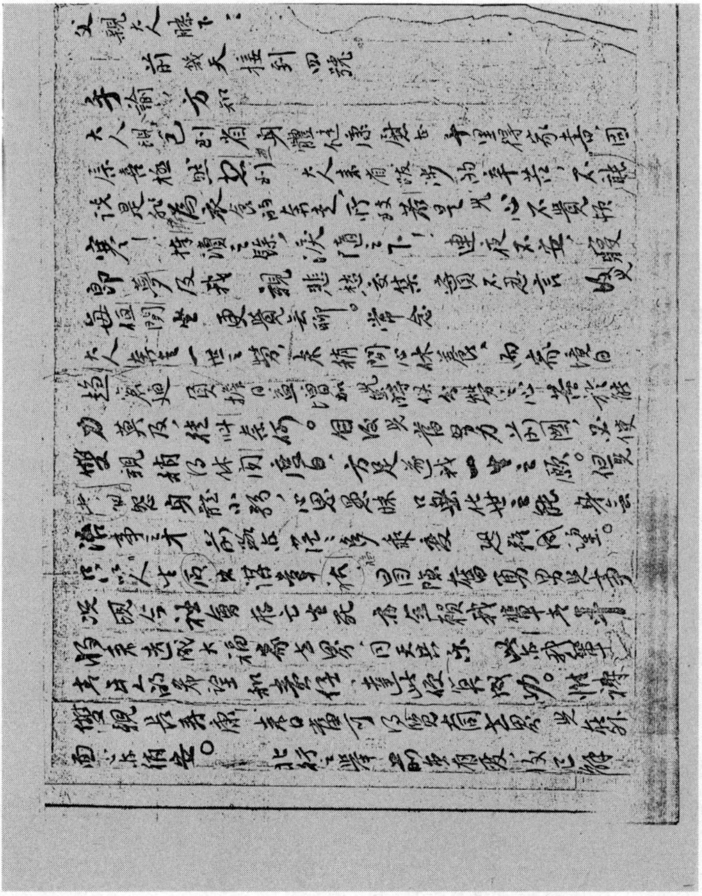

任弼时给任思度的信（1921年春）（部分）

林伯渠给林范心的信[①]

(1921 年 10 月 16 日)

林范心先生鉴：

堃哥[②]因齿痛，于十月初一经请牙医拔去二枚，当夜痛甚。一连数日寒热交作，夜不成寐。初九移住医院诊治，服药罔效，齿腮愈肿，粒米难进。不得已，请医割开去脓，病势稍减。忽于十五日上午十时肺部大痛，无法救治，竟于是日上午十一时身故。悲伤曷极！弥留仅语及国家大事。现蒙大总统[③]派陆军部治丧，十六日将旅榇暂厝于粤城永胜寺，并拟另日开会追悼。一俟大局平静，即运榇回籍。请命义生[④]在家设位致祭，遵礼成服。刻下义生可否来粤，请酌量。如即来须觅一妥伴同行。侄意暂不来亦可，因干戈满地，行旅维艰，此间丧事

---

① 这是林伯渠给堂叔林范心的函电，首行原有“急湖南临澧局专送”八字。林范心是林修梅的叔父。

② 堃哥，即林修梅，林伯渠的堂兄。曾任孙中山非常大总统总统府代理参军长。

③ 即孙中山。

④ 义生，即林义生，林修梅的儿子。

经侄等暨诸位同志办理均妥。当俟时局稍安灵榇回湘时，再行电告。届时义生即来迎接，何如？余缄详。

侄祖涵①、学光谨叩　铣②

【品读】

林伯渠，名祖涵，号邃园。1886 年出生于湖南临澧。中国同盟会的第一批会员。1905 年 8 月，同盟会在东京成立伊始，林伯渠就在黄兴、宋教仁的介绍下加入。林伯渠又是中国共产党最早的党员之一。1920 年冬，他经陈独秀、李大钊介绍参加了上海共产主义小组，1921 年加入中国共产党。1921 年 5 月，林伯渠到广州，任孙中山大元帅府参议。

他和曾任湘军旅长、孙中山非常大总统总统府代理参军长的堂兄林修梅，都深得中山先生倚重。孙中山曾对人说："林氏兄弟，一文一武，将来必定大有作为。"林修梅即是信中提到的"堃哥"。1921 年 10 月，林修梅不幸病逝，这里反映的即是林伯渠在十分悲痛的心情下写信给林修梅的叔父，商量如何料理后事。林修梅临终前仍"仅语及国家大事"，可见其对革命事业的忠诚与执著，这无疑对林伯渠有着一定影响。林修梅逝世之后，孙中山下令追赠其为陆军上将，举行国葬，并在其首义地区立铜像，建祠纪念。可见对其功业之肯定。

---

① 祖涵，即林祖涵，字伯渠。

② 旧时函电中习惯用诗韵韵目"东、冬、江、支"等依次代表每个月的各日，韵目"铣"即十六日。

任弼时给任思度等的信

(1924 年 3 月 15 日)

父母亲大人及诸妹妹：

一月以前，曾寄单挂号信一封并附有照片，可否收到？你们近来的健康如何？

我在莫身体如常，学识亦稍有进步，饮食起居当自谨慎，你们尽可放心。

莫城天气渐暖了，街衢的积雪渐溶化了，树木快发芽了，春天快到了，一年最快乐时光天天接近起来。我现在正筹备着怎样好好的度过这种时光，结果如何待将来再告。

在中国已是春季，我记着我们乡下的春景，鲜红的野花，活泼的飞鸟，何等的有趣！可恨远隔异土，不能与你们共享这种幽乐！但我不惜！因为以后我们共享的日子还多。

禹彝①叔去年由法来俄，现与我同校念书，他的情形还好。

我今天本来是没话可寄，不过因为有便人回国，特草数行

---

① 禹彝，即任禹彝，任弼时的远房堂叔。

以慰你们的望念，旁不多及。

此祝健康、近好！并望回音！

各亲属叩安！

二南[1]寄于莫城

三月十五号

【品读】

1921年春，通过红军与白军交战的火线，历经种种艰辛，任弼时终于到达莫斯科，进入培养革命干部的莫斯科东方劳动者共产主义大学。他在那里遇到了瞿秋白、张太雷等革命同志，加入了中国共产党。

任弼时的求学与事业，得到了家庭的大力支持，故而他对家庭有着深深的眷念。任弼时的父亲非常赞赏他求学的精神，虽然家境贫穷，还是想方设法让他学习深造，以便日后成为国家的栋梁之材。而任弼时在求学期间，生活上非常俭朴，即使是父母给他的零花钱，也从不乱花；在学习上也非常勤奋刻苦。他深知求学的机会来之不易，不能辜负父母的期望。贫困的生活，磨炼了他的意志和毅力，使他更加勤奋学习，专心求学，从而为寻找救国救民的真理，实现救国救民的远大抱负奠定了思想基础。因此，他从心底里感谢父亲的开明，感谢父亲给他人生的启示与帮助。1924年夏天，任弼时回国。因忙于工作，未能回家探视双亲。1927年他第一次回家，父亲已经

---

① 二南，任弼时的号。

去世。当时他答应母亲说，过年时会再回家来。但后来革命形势风雷激荡，他再也未能回到养育他的家乡。

这封信写于莫斯科，求学中的任弼时一如既往地关心家人的饮食起居，还分外惦念“乡下的春景，鲜红的野花，活泼的飞鸟”。这里我们还能体会到他字里行间洋溢的革命乐观主义精神，在回国的前夕，他正期待着自己能够投入到新的革命事业的春天中去。

左权给左铭三的信

（1937 年 9 月 18 日）

叔父：

你六月一日的手谕及匡家美君与燕如[①]信均于近日收到，因我近几月来在外东跑东［西］跑，值近日始归。

从你的信中已敬悉一切，短短十余年变化确大。不幸林哥[②]作古，家失柱石，使我悲痛万分。我以已任不能不在外奔走，家中所持者全系林哥，而今林哥又与世长辞，实使我不安，使我心痛。

叔父！我虽一时不能回家，我牺牲了我的一切幸福为我的事业来奋斗，请你相信这一道路是光明的、伟大的，愿以我的成功的事业报你与我母亲对我的恩爱，报我林哥对我的培养。

卢沟桥事件后迄今已两个多月了，日本已动员全国力量来灭亡中国。中国政府为自卫应战亦已摆开了阵势，全面的战争已打成了。这一战争必然要持久下去，也只有持久才能取得抗

---

① 匡家美君，即匡金美，左权的同村人，儿时的伙伴。燕如，左权族中亲友。

② 林哥，左权的大哥左育林。

战的胜利。红军已改名为国民革命军，并改编为第八路军，现又改编为第十八集团军。我们的先头部队早已进到抗日的前线，并与日寇接触。后续部队正在继续运送，我今日即在上前线途中。我们将以游击运动战的姿势，出动于敌人之前后左右各个方面，配合友军粉碎日敌的进攻。我军已准备着以最大艰苦斗争来与日军周旋。因为在抗战中，中国的财政经济日益穷困，生产日益低落，在持久的战争中必须能够吃苦。没有坚持的持久艰苦斗争的精神，抗日胜利是无保障［的］。拟到达目的地后，再告通讯处。专此敬请
福安!

侄宇林
九月十八日晚
于山西穰山县

两位婶母及堂哥二嫂均此问安。

【品读】

左权自幼家贫，是佃农出身，在他不到两岁时父亲就已去世。左权是家里最小的孩子，也是唯一读了书的人。左权的母亲含辛茹苦将孩子拉扯大就已十分不易，因而左权的求学之路就显得异常艰辛。他的学费全靠母亲日夜纺纱织布卖得一些钱来维持。他 8 岁启蒙，中间几次辍学，直到 17 岁，叔父左铭三和另几位族中亲友倾力相助，为他支付每期 40 块银圆的学费，才使他终于从著名的醴陵渌河中学毕业。

左铭三毕业于长沙师范学校，为人正直，思想进步，对左权一生影响很大。又因叔父对左权家人的照料，使左权一向很敬重他，叔侄二人感情一直很深。

左权有三个哥哥和一个姐姐。大哥育林，姐姐毓春居次，二哥纪棠从小过继给叔叔左铭三（即是这封信提到的叔父）为子，三哥应林，左权排行最后，是家里的老幺。兄弟三人当中，二哥幼时不幸夭折，左权自己在外工作，家庭重担便只由大哥一人负担。从信中看到，左权的大哥左育林不幸逝世，家中只剩下年迈的母亲与嫂嫂、侄儿、侄女。“家失柱石”，左权自己悲痛万分，原本“家中所恃者全系林哥，而今林哥又与世长辞”，自己又“以己任不能不在外奔走”，其忧心如焚的心情可以想见。想到老母无所恃，侄嫂无所依，不得不恳请叔父帮忙照料。与此同时，卢沟桥的枪声响起不久，“日本已动员全国力量来灭亡中国”，抗日战争已全面展开。面对国难家仇两副重担，同其他仁人志士一样，左权义无反顾地承担起了拯救国难的重任，“我牺牲了我的一切幸福为我的事业来奋斗”。

叔父左铭三很能理解侄儿抛家救国、坚决抗战的决心，遂在来信中提出要与左权“两家重新统一”的问题，即与左权一家共同生活，以便更好地照顾他的家人，尽量不让左权分心，以减轻他精神上的负担，让他有更多的精力在前线指挥作战，奋勇杀敌。对此，左权无以回报，只有“极望早日成功，能使我年高的母亲及嫂嫂、侄儿、女等”与叔父一家“共聚一堂，度些愉快舒服的日子”。叔父一家对自己家人的恩情，左权“自当以一切力量报与之”。这里表现的是这个铁血男儿的一颗感恩之心。

这封平凡的家书宣传了抗日战争的长期性和艰巨性，表明了左权自己做好了吃苦与牺牲的准备和决心，表现了革命者不平凡的境界。在家事与国事发生矛盾的时候，能够舍小家为大家，慷慨赴国难，这就是老一辈共产党人的价值观。

毛泽东给文运昌的信

(1937 年 11 月 27 日)

运昌吾兄：

莫立本①到，接获手书，本日又接十一月十六日详示，快慰莫名。八舅父母仙逝，至深痛惜。诸表兄嫂幸都健在，又是快事。家境艰难，此非一家一人情况，全国大多数人皆然，惟有合群奋斗，驱除日本帝国主义，才有生路。吾兄想来工作甚好，惟我们这里仅有衣穿饭吃，上自总司令下至火夫，待遇相同，因为我们的党专为国家民族劳苦民众做事，牺牲个人私利，故人人平等，并无薪水。如兄家累甚重，宜在外面谋一大小差事俾资接济，故不宜来此。道路甚远，我亦不能寄旅费。在湘开办军校，计划甚善，亦暂难实行，私心虽想助兄，事实难于做到。前由公家寄了二十元旅费给周润芳，因她系泽覃②死难烈士（泽覃前年被杀于江西）之妻，故公家出此，亦非我

① 莫立本，即方克。当时是从湖南长沙去延安的一位青年。

② 泽覃，即毛泽覃，毛泽东的弟弟。第二次国内革命战争时期曾任中共苏区中央局秘书长、中央苏区独立师师长。1935 年牺牲。

私人的原故，敬祈谅之。我为全社会出一些力，是把我十分敬爱的外家及我家乡一切穷苦人包括在内的，我十分眷念我外家诸兄弟子侄，及一切穷苦同乡，但我只能用这种方法帮助你们，大概你们也是已经了解了的。

虽然如此，但我想和兄及诸表兄弟子侄们常通书信，我得你们片纸只字都是欢喜的。

不知你知道韶山情形否？有便请通知我乡下亲友，如他们愿意和我通信，我是很欢喜的。但请转知他们不要来此谋事，因为此处并无薪水。

刘霖生①先生还健在吗？请搭信慰问他老先生。

日本帝国主义正在大举进攻，我们的工作是很紧张的，但我们都很快乐健康，我的身体比前两年更好了些，请告慰唐家圫诸位兄嫂侄子儿女们。并告他们八路军的胜利就是他们大家的胜利，用以安慰大家的困苦与艰难。

谨祝兄及表嫂的健康！

毛泽东

十一月二十七日

【品读】

1937 年 11 月 27 日，身在延安的毛泽东先后接到表兄文运昌自家乡写来的两封信，“快慰莫名”。这是他自长征以来第一次收到来自家乡的信，从而了解到亲人的近况。他抑制不住内心的激动，在收到表兄的第二封信后，挥毫疾书，写下回

① 刘霖生，毛泽东与文运昌的表兄。

信，表达了自己对家乡、对亲人的眷念和对抗战事业必将胜利的乐观主义精神。

毛泽东在得知家中情况后，心中喜忧参半：对家中诸表兄嫂都健在表示快慰，同时又对他们贫苦的生活表示担忧。对此，毛泽东指出，“家境艰难，此非一家一人情况，全国大多数人皆然”，自己所在的抗日根据地也不例外。他认为，人们“惟有合群奋斗，驱除日本帝国主义”，才能有生路。对于亲友要来根据地“谋事”的要求，他从当时的实际情况出发，明确表示自己的态度，希望“他们不要来此谋事”。他特别指出，在抗日根据地上自总司令下至火夫，人人平等，没有薪水。

在信中，毛泽东还特别问到“刘霖生先生”，并托人“搭信慰问”。刘霖生是湘乡县南薰乡祝赞桥人。他文思敏捷，刚毅耿直，在乡民中颇有声望，与毛家往来密切。1920 年 11 月，毛泽东的父亲毛顺生去世时，毛泽东正在外地，丧事主要由其弟毛泽民和刘霖生在家操持。大革命期间，他对中国共产党寄予很大希望，鼓励和支持子侄刘朝佑等参加农民运动。后来毛泽民为革命英勇就义，又是刘霖生代为撰写挽联，表达对死者的怀念和赞美。对刘霖生的帮助与支持，毛泽东充满感激之情，在紧张的工作空隙，仍不忘向他表示慰问。

文运昌在收到毛泽东的回信后，备受鼓舞。后由于日军占领长沙，文运昌携亲人流落他乡，耕作度日。直到 1949 年 8 月湖南解放，他才回到湘乡老家。1949 年 10 月，堂弟毛泽连来京，毛泽东还特意向他问起文运昌的情况，并请他代向文运昌及文家亲友致以问候。

陈毅给陈家余的信

（1939 年 5 月 7 日）

父亲大人膝下：

阴正廿七日县中严谕领悉。孟熙、季让①前后信均收，只修和②年余未得只字，怀念之至。儿一切如恒，开春以来体质转健。目前江南战局更大进展，儿部③日益壮大，军民关系尤为良好，生平快慰之事无过此者。三五年头敌定片甲不回也。儿已再四请假返里省亲，均以代理无人而遭婉拒，但已允于本年内设法。西望故里，不尽孺慕瞻佑为叹惋耳！现寄呈近照两张，神情逼真，以远慰亲怀于万一。顺叩

春安金福！

二儿俊④禀

五月七日抗日纪念节

---

① 孟熙，即陈孟熙，陈毅的哥哥。季让，即陈季让，陈毅的弟弟。

② 修和，即陈修和，陈毅的堂兄。

③ 这里指新四军第一支队。1938 年春新四军先遣支队向苏南挺进，五月，首战卫岗获胜。接着，第一、第二支队挺进苏南，粉碎日军多次“扫荡”，初步创立了以茅山为中心的苏南抗日游击根据地。1939 年春夏，第一支队在游击纵队的配合下，向扬中和长江北岸发展，开辟了太（湖）、滆（湖）地区。

④ 陈毅幼年时起名陈世俊。

【品读】

陈毅1901年出生在四川省乐至县复兴场药师院的一个农民家庭。他的父亲是个博学多才的小职员，琴棋书画均好，家中有很多藏书。他的母亲性格刚毅，善于操持家务，待人诚恳热情，对子女要求严格。少年陈毅深受父母的影响，对双亲也极为孝敬。

然而，自从陈毅怀着忧国忧民之心，走上革命的道路之后，与家人也是“聚少离多”，同父母见面的机会更是微乎其微。但陈毅的赤子之心则始终如一，作为带兵一方的大员，豪情满怀的诗人，他也时常思念自己的父母，关心家人的情况。信中陈毅告知父母自己与几位兄弟之间都保持着书信联系，目前自己身体已经转好，请父母不要担心。同时，让陈毅引以为自豪的是，他所带领的部队在苏南打了大胜仗，已初步站稳脚跟。而且他还满怀信心地预言“三五年头敌定片甲不回也”，事实证明，陈毅的信心是有一定依据的。在全国军民的努力下，日本法西斯终于被赶出中国。另一方面，少小离家至那时未还的陈毅仍热切期盼能够回家省亲，侍奉双亲于榻前，尽自己作为儿子的孝道，奈何均未能成行。他没有放弃，想在当年内达成这一心愿。他深知父母对自己的牵挂与眷念，因此只有默然叹息，寄赠自己的照片以解双亲的相思之苦。所谓“烽火连三月，家书抵万金”。

这封信语言不多，但情真意切而又不失革命的乐观主义精神，是难得的反映陈毅真性情的文字，也是老一辈革命家舍小家为大家的生动例证。

陈毅给陈家余等的信

（1951 年 4 月 16 日）

父母亲大人膝下：

二月十九日手谕奉悉，知大人移居后情况甚为喜慰。儿于三月六日赴闽，三月卅日返沪。在闽廿余日巡视各地，不幸感冒并患肠胃炎，于返沪即入医院治疗，经过十余日感冒和肠炎已完全好了，本可出院照常工作，奈又发现肝内有肝蛭吸虫潜伏。医者言，不治疗目前并无大妨碍，但恐日久生变，有演化为黄疸病水肿病的可能，甚至可能变为孙中山式的肝癌云云。经同志多人考虑，且得中央批准，决心治疗，于本日下药，拟定二十天为一阶段，如奏效即可出院，否则尚需延长时间。医者言，治此病在室内可自由坐卧，并无痛苦，不过用药后头晕和精神不爽，则需多睡眠也。儿思几十年来，戎马倥偬，得此小休，亦属幸运，故祈大人勿念。

张茜已到北京俄专学习，定今年底结业。彼能完成俄文修业，此后即可担任俄校教务和通译，学有专长，立身有道，甚可喜也。本来她在革命阵营服务已近十五年，历任科员、科长、政治协理等职，并又任上海俄校教务副主任，她如果继续工作是不成问题的，如果评薪水亦将系团级待遇，可得月薪四百单位[①]，但仍主张其再学一年，养成专门俄语人材，才更能切实可靠，有巩固的发展前途。因此，不能不让她远去京门一个时期。这是新中国为人作事基于各有专长的根本原则，望双亲本此意转告儿弟兄姊妹并及下辈。中国人人人如此何愁不富强，如果仍旧贯，依赖即寄生剥削，于己于国皆非了局。重坤妹[②]已卒业，在市卫生局化验所任见习化验员，现尚有困难不能独立化验，必须见习半年，才能正式担任工作。她现系包干制[③]，每月可余数万元[④]。她进步快，身体好。她现住崔部长[⑤]家，在湖南路儿旧住处斜对门，地方很好，崔部长照料甚周。崔并言重坤进步快，德行好，才干逐步可以锻炼。现准其每周来院看一次，儿已多方教训她进步。她很高兴，认为前次不回川是对的。此事请双亲放心。另，儿家移南京，湖南路住宅已交公，小丹、小侉、小羊三个小儿读书有进步，小侉已能写数百字的文章，他们即在儿住处隔壁的小校内读书，往来甚

---

① 这里是折实单位，是建国初期为减轻通货膨胀对国家建设和人民生活的影响，所采取的一种以一定种类和数量的实物为单位，按其价格折算为货币的支付方法。折算单位的价格，由各地人民银行按日或按旬用当地市场平均批发价格计算，并挂牌公布。

② 重坤妹，即陈重坤，陈毅的妹妹。

③ 包干制，是建国初期实行的一种分配方法。即对原来实行供给制的干部，改为将其服装、伙食等基本供给项目折算成货币，连同津贴一起作为生活费，以现金发给本人。

④ 这里指当时流通的人民币。自 1955 年 3 月 1 日起中国人民银行发行新人民币代替旧人民币，按规定新币一元等于旧币一万元。

⑤ 崔部长，指崔义田。当时任华东军区卫生部部长、华东军政委员会卫生部部长。

便。孙女儿珊珊已八个月，呀呀学语，相貌象重坤妹，又肥又壮，专请一个人带她。一切请无念。

另外有一件事，即桃娃子①被谋害事，可要大爷具报向乐至县府要求昭雪，这是应办的，请双亲考虑。唐家心科、心和②两老表跑到剑阁，屡来信求救，请孟熙③写信要他们回家为好，他们不是恶霸何必远走自讨苦吃。

杨仲赤④甥来信已收到，证明思想进步，望努力。请转告杨三姐⑤要宽心服从土改，土改后过劳动生活实应份也。对裴先生、陈凤梧⑥弟、柳叔堪表叔（恨未能一见，后会有期）及其他亲友亦均恳代致意问候。他们来沪公家只能按例招待，儿为一工作人员，更不可能破格办事，这方面均要求知我谅我，不以为罪。实际是很优厚了，昨天百老汇把前后招待费用算了一个账，要儿过目，数目很大，已转请报销去了。昔赵子昂诗曰"谁知盘中羹，粒粒皆辛苦"，此确为实情。又，韦应物诗"身多疾病思田里，邑有流亡愧俸钱"，又曰"所惭居位崇，未睹斯民康"⑦。一切均从人民出发，儿窃愿勿愧于此，故不得不反复言之。

---

① 桃娃子，陈毅的堂妹。

② 心科、心和，即唐心科、唐心和。他们是陈毅的表兄弟。

③ 孟熙，即陈孟熙，陈毅的哥哥。当时任重庆市工商业联合会秘书、副科长。

④ 杨仲赤，陈毅的外甥。

⑤ 杨三姐，即陈世芳，陈毅的妹妹。

⑥ 裴先生，指裴野堂。早年曾在陈毅读书的小学校任教员。陈凤梧，陈毅的堂弟。

⑦ 前诗见唐代诗人韦应物《寄李儋元锡》（《全唐诗》卷一百八十八）。后诗见韦应物《郡斋雨中与诸文士燕集》（《全唐诗》卷一百八十六）。原句是："自惭居处崇，未睹斯民康。"

今年双亲以在渝居住为宜，千斯门住地热天不大宜，可商请乡居，不必要在城市，可与李处长静一商量，能住下即住下免多麻烦。

近日住院摆脱事务，故写此长信禀报，请双亲宽心。此请万福金安！

另，张茜开车伤牙已补好，请母亲放心。

二儿世俊禀
四月十六日

孟熙大哥：你三月廿三日信收到，《忆南泉》已读了，甚好。不过我希望你把名士派收起，切实做人民服务工作。你血压高，主要要减食、多运动。请你同意我的建议，谅不以为忤。仲弘又及。

【品读】

解放后，陈毅担任华东军区司令员兼上海市市长。此时的陈毅依然是政务繁忙，而且已是为官一方的军政要员。即便如此，他还是如期给自己的父母写信，汇报自己的工作生活状况，可见他对父母的一片孝心。

信中他首先对自己的身体状况进行详细说明，由于肝脏的问题需住院治疗一段时间，请父母不要操心。他还提到妻子张茜，陈毅支持妻子学俄语，认为这是“学有专长，立身有道，甚可喜也”。希望她成为这方面的专门人才。陈毅的妹妹陈重坤也是通过自己努力进入专门学校学习，从而到卫生部门工作的。正是基于此，陈毅希望父母将这种人人能学有专长，所谓“新中国为人作事基于各有专长的根本原则”广为告知，使得其兄弟姐妹与晚辈能够培养正确的事业观与价值观。

陈毅在信中体现的另外一种作风即是公务公办，绝不徇私。从他的堂妹枉死以及亲友到上海后的招待等，他的风格是一贯的，即不因自己是领导干部而搞特殊化，只是一切按原则秉公办理。他还为百老汇的招待费过高而自责，引用唐人的诗来与父母亲人共勉。这种高尚的革命作风值得当今社会好好学习。

谢觉哉给姜一的信

(1957 年 5 月 21 日)

一姐姐：

四月二十六日我回到了北京，同时也接到了你的信。

我想给你写一篇传，传呢，就是这封信。你看了，不要哭，只许笑。八十多岁的老人，伤心是不可以的。

你比我要大八、九岁，我记得事的时候，在外婆家没有看见你，你已到彭家做“细媳妇”① 去了。我第一次见到你，是同“上戴家湾里”一些人去河对面的山上杀草，走了很远，见一个屋子，说是彭家，我们在山上，你出现在阶基上，半大子人的姑娘。我没有进屋，没和你说话。

后来，见面时候少，但你的行止，常听得说。你是一个勇于和环境作斗争的人。正如你说的“从小苦起”，其实不只是苦，还有不少人欺负你，但你没有屈服。你又能顺应环境，当你流到宁乡县城的时候，流到长沙市的时候，我想没有人给你

---

① 细媳妇，湖南方言，即童养媳。

以温暖的，但你却在困难中抚养大了你的儿女。我佩服你这员女将！

你又是一个富于情感的人。听说长沙马日事变①后，你打听不出我的消息，听到浏阳门外杀人，就到刑场上去看，看有不有我的尸首；你又为我许过“回龙山”的“保烛”。当然，不只是因为我是你的表弟，而是你相信我们是好人，好人是不会做坏事的。

我外家的人都聪明，你是最聪明的一个。如果不是穷，读不起书，不是重男轻女的社会，那你必然能做出很多的事。但是，这样的社会已经打倒了，你应该为这件事欢喜。

你是一个能干的人，不怕困难的人，又是一个聪明的人，你的儿子、媳妇、孙儿女，应该向你学习。

四舅活得最久，但没有看到革命成功，想他死时必然还在为我的命运操心。满舅母孤苦一世，我初以为她早死了，后打听她还在，寄点钱去，已来不及用了。我对于外家没有帮助，对你也没有帮助，用不着感谢。

人是不能不死的，但多活些时间是可以做到的。只要你心事放宽，不忧愁，再活十多二十年并不是难事，老姊弟再见面的日子还是有。

祝你好，你一家都好。

觉哉

1957 年 5 月 21 日

---

① 1927 年 5 月 21 日，驻湖南的国民党军第 35 军（军长何键）第 33 团团长许克祥在长沙发动反革命政变，捕杀共产党人和革命的工农群众。因 21 日在旧时文电中用诗韵韵母“马”字表示，所以这次事变称为马日事变。

【品读】

这是一封特殊的家书。

老一辈革命家谢觉哉给自己的表姐姜一回信，他希望将此回信作为表姐的个人传记。这封信用姜一生命历程中的几个片段，解释了这位平凡的劳动女性不平凡的一生。从幼时的见面与传闻，到战争年代的四处流浪，与生活、与命运抗争，含辛茹苦抚养子女，这些都足以让人肃然起敬。而作为一位妇女，其付出的辛劳与代价，更远非我们所能想象。可以说姜一的遭遇是旧中国妇女命运的缩影，这封信因而也极具社会史料价值。

谢觉哉尊敬并感激表姐，还因为她对自己的牵挂。马日事变后到浏阳门外寻尸，多么凄惨悲壮的场景！一位平凡的女性，仅凭着自己朴素思想的判断便毅然付出行动，这又需要何等的勇气？因此，谢觉哉笔下的姜一，形象逐渐丰满、高大起来。谢觉哉也为姜一鸣不平，她如此聪明，在外婆那边的亲戚中她是最聪明的一位。如果不是受时代与家庭环境的限制，她必然可以有所作为，可惜当时的社会没有给她创造这样的机会。但谢觉哉仍对她予以充分肯定：聪明、能干、不畏困难，堪称女中豪杰。最后，他希望自己的表姐能以更好的心态去面对生活，健康长寿，并期待姐弟俩的再次重逢。

通篇家书都流露出谢觉哉对表姐的深情赞许，可以说是一份迟到的祝福，但真情流露，读来令人唏嘘不已。这既是一个旧中国普通女性的传记，也从一个侧面反映了老一辈革命家从事革命的艰辛历程。

琴瑟和谐

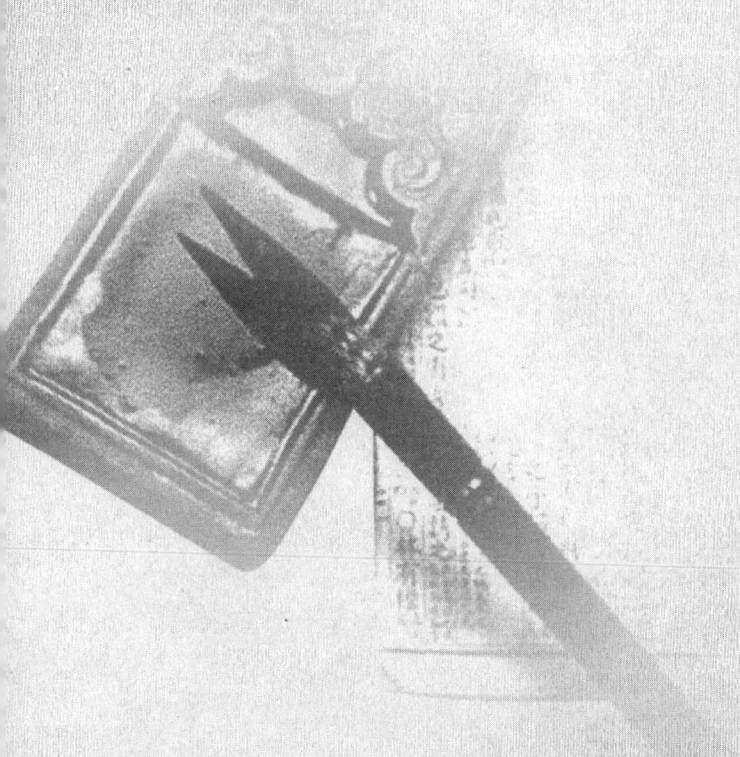

瞿秋白给杨之华的信

（1929 年 2 月 26 日）

之华：

今天接到你二月二十四日的信，这封信算是走得很快的了。你的信，是如此之甜蜜，我像饮了醇酒一样，陶醉着。我知道你同着独伊[①]去看《青鸟》[②]，我心上非常之高兴。《青鸟》是梅德林的剧作（比利时的文学家），俄国剧院做得很很好的。我在这里每星期也有两次电影看，有时也有好片子，不过从我来到现在，只有一次影片是好的，其余不过是消磨时间罢了。独伊看了《青鸟》一定是非常高兴，我的之华，你也要高兴的。

之华，我想如果我不延长在此的休息期，我三月八日就可

---

① 独伊，即瞿独伊，瞿秋白的女儿。1928 年随母亲杨之华到苏联，先后被送入孤儿院、幼儿园、国际儿童院抚养。

② 《青鸟》，童话剧，比利时剧作家梅特林克（即梅德林）所做。该剧描写伐木人的孩子蒂蒂儿和米蒂儿在圣诞节之夜梦游“记忆乡”、“夜宫”、“未来国”等地，寻找象征幸福理想的青鸟，以医治邻居的患病孩子的故事。《青鸟》带有浓厚的神秘幻想色彩，是象征主义的代表作品之一。

以到莫斯科，如果我还要延长两星期那就要到三月二十日。我如何是好呢？我又想快些快些见着你，又想依你的话多休息几星期。我如何呢？之华，体力是大有关系的。我最近几天觉得人的兴致好些，我要运动，要滑雪，要打乒乓。想着将来的工作计划，想着如何的同你在莫斯科玩耍，如何的帮你读俄文，教你练习汉文。我自己将来想做的工作，我想是越简单越好，以前总是“贪多少做”。

可是，我的肺病仍然是不大好，最近两天右部的胸膛痛得利害，医生又叫我用电光照了。

之华，《小说月报》① 怎么还没有寄来，问问云白看！

之华，独伊如此的和我亲热了，我心上极其欢喜，我欢喜她，想着她的有趣齐整的笑容，这是你制造出来的啊！之华，我每天总是梦着你或是独伊。梦中的你是如此之亲热……哈哈。

要睡了，要再梦见你。

秋白

二月二十六日晚

【品读】

瞿秋白是中国共产党早期主要领导人之一。他既是一位坚定的无产阶级革命家，同时又是一位修养精深的文学家。这种

① 《小说月报》，1910年创刊于上海。该刊1921年从第十二卷第一期起由沈雁冰、郑振铎主编，成为文学研究会的主要刊物，发表了不少具有民主主义和现实主义倾向的作品和文章，是我国新文学的主要期刊之一。1932年1月淞沪会战时停刊。

一身兼二任的特点，使他的婚恋既充满了革命的激情，又飘逸着浓郁的浪漫主义情调。

瞿秋白一生结过两次婚。他的第一个夫人是王剑虹，这是一位很有才气的女性，长着一双敏感、犀锐的眼睛。平时淡雅严肃，昂首出入，目不旁视，给人冷若冰霜的印象。其实，她的内心似一团烈火，比常人更加需要感情的交流。王剑虹在五四运动时期即成为湖南桃源第二女子师范学校学生运动的头面人物。据当时低年级的同学丁玲回忆：辩论会上，她口若悬河的讲词和随机应变的一些尖锐、辟透的言论，常常激起全体同学热烈的掌声。1921 年，她与丁玲在上海半工半读。1923 年在南京遇到了瞿秋白，在其劝说下，她们结束了东闯西荡的生活，到上海大学文学系就读。很快，二人因革命与文学的志趣相投而走到了一起。不幸的是，王剑虹在婚后仅半年即染上了肺病，仓促离世。这无疑对瞿秋白是一个沉重打击。恰在此时，他遇到了杨之华，一个追求进步思想的新女性。

杨之华之前也有过一次婚姻。丈夫沈剑龙是浙江萧山大户人家的子弟，他仪表堂堂，崇尚新潮。对积极参加社会活动、青春焕发的杨之华一见倾心。杨之华对他也有好感，虽然杨家起初并不支持，但在沈家以及女儿的坚持下，他们也同意了。沈剑龙的父亲沈玄庐是当地的开明士绅，为他们在沈家花园举办了盛大婚宴。婚后，杨之华和丈夫在农村办了一所新式小学，自任教师，独立生活。不久杨之华成为一个孩子的母亲，但丈夫的所作所为让她失望，他与朋友跑到上海，在十里洋场灯红酒绿、纸醉金迷的生活中沉溺忘返。杨之华于是决心出走，追求自己理想的新生活。

1923年底，杨之华考入了上海大学社会学系。正是在那里，她结识了瞿秋白。起初，他们的接触仅在课堂和课后的学习上，杨之华为瞿秋白授课时所表现的马克思主义理论修养和深入浅出的讲解方式所折服，而瞿秋白也对这位刻苦求知的学生很有好感，耐心地为她解释各种疑难问题。在对革命事业的共同追求中，他们彼此更多地了解，建立起同志式的友谊。瞿秋白非常同情她的遭遇，鼓励她抛开家庭的束缚，把目光放在无产阶级和整个妇女界的解放事业上。在瞿秋白等人的帮助下，1924年杨之华加入了中国共产党。杨之华在上海大学和王剑虹是同学与好友，王剑虹患病期间，她曾几次去看望。王剑虹去世后，她又去安慰瞿秋白，以极大的同情心帮助他料理一些家务，使他精神上的痛苦得到某种程度的减轻。可是不久，当她发现瞿秋白有爱她的迹象时，便在暑假返回乡下老家，主动回避了。她意识到，尽管自己在感情上与沈剑龙产生了裂痕，但毕竟还是有夫之妇。不料，瞿秋白很快找到了杨家，向杨之华公开了自己的爱情，以及解决问题的一揽子办法。杨之华对此很受感动，心灵中产生了强烈的共鸣。他们请来了沈剑龙，三人推心置腹，文明协商，经过多次讨论，最后达成协议。他们在《民国日报》上同时发表了两个启事：一是沈剑龙、杨之华的离婚启事，一是杨之华、瞿秋白的结婚启事。这消息，成了当时上海破天荒的新闻。

瞿秋白和杨之华是夫妻与战友的双重结合，他们的爱，建立在共同的理想、共同的事业之上，婚后十余年中，不论遇上什么样的困难和逆境，都能始终如一，坚贞不渝，并随着时间的推移而愈加强烈。

1928年4月，瞿秋白赴莫斯科，筹备召开中共六大，随后在莫斯科郊外主持召开中共六大。“六大”之后，瞿秋白继续留在莫斯科，担任中共驻共产国际的代表团团长，直到1930年8月回国。而这段紧张的生活影响了他本来虚弱的身体，他旧病复发，甚至半夜从床上掉到地板上，半晌爬不起来。当时的杨之华在莫斯科中山大学学习。她多次写信，劝丈夫安心养病。但瞿秋白仍念念不忘工作。写这封信时的瞿秋白，正身处苏联库尔斯克州利哥夫县玛丽诺休养所。除了革命任务，对妻儿的牵挂与柔情也溢于言表。妻子的信使他获得莫大的慰藉，“我像饮了醇酒一样，陶醉着”。还有对女儿的挂念，“我心上极其欢喜，我欢喜她，想着她的有趣齐整的笑容”，读来无不让人为之动容。这些让我们看到了一个革命家对生活、家庭的热爱，也使其形象在读者心中更加丰满起来。

瞿秋白给杨之华的信

(1929 年 3 月 12 日)

之华：

昨天接到你的三封信，只草草的写了几个字，一是因为邮差正要走了，二是因为兆征①死的消息震骇得不堪，钱寄到的时候，我都不知道！（三十元已接到。）

整天的要避开一切人——心中的悲恸似乎不能和周围的笑声相容。面容是呆滞的，孤独的在冷清清的廊上走着。大家的欢笑，对于我都是很可厌的。那厅里送来的歌声，只使我想起：一切人的市侩式的幸福都是可鄙的，天下有什么事是可乐的呢？

一九二二年的香港罢工（海员）的领袖，他是党里工人领袖中最直爽最勇敢的，如何我党又有如此之大的损失呢？前月我们和史太林②谈话时，他所关心的问题，是如何的切合于群

① 兆征，即苏兆征，中国早期著名的工人运动领导人之一。曾领导 1922 年香港海员大罢工和 1925 年省港大罢工。

② 史太林，即斯大林。

众斗争的需要；他所教训我的——尤其是八七[①]之后，是如何的深切。

可是他的死状，我丝毫也不知道，之华，你写的信里说得太不明白了。他是如何死的呢？

之华，你自己的病究竟怎样？我昨天因为兆征死的消息和念着你的病，一夜没有安眠，乱梦和恶梦颠倒神魂，今天觉得很不好过。

我钱已经寄到了，一准二十一日早晨动身回莫[②]。你快通知云[③]，叫他和□□[④]商量，怎样找汽车二十二日早上来接我，在布良斯克车站——车到的时刻可以去问一问；我这里是二十一日下午五时……分从利哥夫车站开车。之华，你能来接我更好了!!!

之华，我只是想着你，想着你的心——这是多么甜蜜和陶醉。我的爱是日益的增长着，像火山的喷烈，之华，我要吻你，我俩格外的要保重自己的身体——我党的老同志凋谢的如此之早啊。仿佛觉得我还没有来得及做着丝毫呢!!

秋白

三月十二日

【品读】

瞿秋白体质先天孱弱，很早就染上了肺病，苍白的脸庞，

---

① 八七，指1927年8月7日在汉口召开的中共中央紧急会议。

② 莫，指莫斯科。当时瞿秋白在苏联库尔斯克州利哥夫县玛丽诺修养所疗养。

③ 云，指瞿云白，瞿秋白的弟弟。

④ 原抄存件此处字迹不清。

经常挂着“美丽的红晕”。患这种病，最需要休息和营养，可瞿秋白偏偏不顾。他是一个责任心极强、热情很高、异常勤奋的人，工作起来，废寝忘食，不分昼夜。一般人难以想象，在短暂的三十六载年华中，瞿秋白除了革命实践活动外，还写下了几百万字的文章著作。因此，超负荷的工作，常常累得他虚脱病发，大口大口地咳着鲜血。早在20世纪20年代初赴苏考察采访时，由于过度劳累和生活困难，瞿秋白的肺病发作过一次，医生说他一叶肺已经烂了，至多再支持八年。但他仍未停止工作。他对人说：“我一天不读，一天不想，就心上不舒泰，不能不工作，要工作。”

在这种状态下，苏兆征的死无疑对他是一个很大的刺激。苏兆征是我党工人运动的杰出领导人，他1928年2月动身赴莫斯科，先后出席赤色职工国际第四次代表大会、中国共产党第六次代表大会。会后不久，因积劳成疾，留在苏联治病。1929年1月因国内斗争需要抱病回国，2月在上海病逝。瞿秋白曾说过：“我没有坚持说服他留在莫斯科治病，这是一个不能挽回的错误。”因此，信中瞿秋白花了大量篇幅来述说他对苏氏之死的震惊与惋惜，表现了对革命同志深厚的情谊。

除此之外，瞿秋白仍十分眷恋杨之华，一刻也不愿分离，就像古诗中形容的那样“在天愿作比翼鸟，在地愿为连理枝”。可是，由于工作需要和住院治病等缘故，他们又不得不经常分离。也许人们会说：“两情若是久长时，又岂在朝朝暮暮。”这是就一般情况而言，不能一概而论。瞿秋白和杨之华是处在阶级斗争如暴风骤雨的岁月，从事着有生命危险的工作，他们的脑袋，在敌人的眼中是以斤论赏的；同时，瞿秋白所患的肺病，在当时是属于“不治之症”，病魔随时都有可能夺去他的生命。苏兆征之死，让他更加珍惜自己与爱人在一起的宝贵时间。因此，他们不愿分离，而一旦分离，则依依难舍，很有生离死别的韵味。这也是为何这封信读来感情异常炽热，能够深深打动读者的原因。

瞿秋白给杨之华的信

（1929 年 7 月 15 日）

之华：

临走的时候①，极想你能送我一站，你竟徘徊着。

海风是如此的飘漾，晴明的天日照着我俩的离怀。相思的滋味又上心头，六年以来，这是第几次呢？空阔的天穹和碧落的海光，令人深深的了解那“天涯”的意义。海鸥绕着桅樯，像是依恋不舍，其实双双栖宿的海鸥，有着自由的两翅，还羡慕人间的鞅掌。我俩只是少健康，否则如今正是好时光，像海鸥样的自由，像海天般的空旷，正好准备着我俩的力量，携手上沙场。之华，我梦里也不能离你的印象。

独伊想起我吗？你一定要将地名留下，我在回来之时，要去看她一趟。下年她要能换一个学校，一定是更好了。

你去那里②，尽心的准备着工作，见着娘家的人③，多么

① 1929 年 7 月，瞿秋白由苏联莫斯科赴德国法兰克福参加国际反帝同盟大会。
② 指杨之华由苏联莫斯科去海参崴参加在 1929 年 8 月召开的太平洋劳动大会。
③ 这里指参加在海参崴召开的太平洋劳动大会的中国工人代表。

好的机会。我追着就来，一定是可以同着回来，不像现在这样寂寞。你的病怎样？我只是牵记着。

可惜，这次不能写信，你不能写信①。我要你弄一本小书，将你要写的话，写在书上，等我回来看！好不好？

秋白

七月十五日

【品读】

1929年7月，瞿秋白从莫斯科启程去德国，出席在法兰克福召开的国际反帝同盟大会。当时，妻子杨之华也在莫斯科，正准备前往海参崴参加在8月召开的太平洋劳动大会。这是瞿秋白离开莫斯科后在海船上写给杨之华的信。

他用轻柔而又不失深沉的笔调，描述了自己对妻子和女儿的无比眷念。对于这个小"独伊"，瞿秋白格外关爱。他在多封信中都念念不忘。瞿秋白两次婚姻，都没有儿女。瞿独伊不是他亲生的，但他对这个女孩的感情，远远超过了亲生父亲。杨之华和前夫离婚后，因遭到沈家的反对，女儿带不出来，孤零零地留在乡下。年幼的孩子非常想念妈妈，沈家的人冷酷地欺骗她"你妈妈死了"。然而，妈妈更惦记着孩子。每每想起孩子的起居饮食、身体状况，尤其是在沈家受到冷落又没有妈妈的怀抱可以依偎时，杨之华的心都碎了。瞿秋白善解人意，他不断地安慰妻子，主动帮助她抽空

① 在海参崴召开的这次太平洋劳动大会规定，为保证安全起见，各国代表不许同外界通讯。

回乡下看孩子。

1925年春的一天，杨之华独自来到沈家，沈家的人不仅不让她接孩子，连见都不让见。大姨太太见状不忍心，悄悄地帮助她和孩子相聚。孩子认出了妈妈，但又说妈妈已经死了。杨之华拭着眼泪离去。回到上海，她心情更加难受。细心的瞿秋白立即体察到此行不顺利，便安慰她，还给她讲了《安娜·卡列尼娜》的故事。他说："你过去在婚姻上所遭到的不幸，一时不陪同孩子团聚，这一点和安娜·卡列尼娜相同。但是，你和安娜·卡列尼娜所处的时代完全不同了，你一定会得到幸福，也一定能得到孩子，并和孩子生活在一起。"不久，瞿秋白又写了一首长诗给她，痛斥了黑暗的旧社会，并表示：孩子有着光明的前途，我一定要保护她，一定会比她亲生父亲更负责任地培养她，教育她，使她将来在社会上发挥自己的力量。后来，瞿秋白和杨之华想尽一切办法，把孩子领到了自己的身边。

在新的家庭里，小独伊生活得非常幸福。瞿秋白对她视若掌上明珠，倾注了大量的爱。他经常去幼儿园接送孩子，回到家里，不管多忙，总要抽一点时间手把手地教孩子写字，画画。孩子获得了新生，瞿秋白欣喜地把这看做他和杨之华"赤爱的新的结晶"。他在一首诗中写道：

小小的蓓蕾，
含孕着几多生命。
陈旧的死灰，
几乎不掩没光明。

看那沙场的血花灿烂，
经过风暴之后的再生。
谁道是无意中的赤化？
却是爱的新结晶。

可见他对女儿深深的爱。从信中可以看出，瞿秋白不仅多才多艺，而且感情细腻丰富。这封寄自海船上的信写得情景交融，委婉动人，信中瞿秋白把自己和妻子比作大海上自由飞翔、双双栖宿的海鸥，用散文诗一般的优美笔调，抒写了对爱人的思念。一句“准备着我俩的力量，携手上沙场”，表达了这对革命爱侣追求事业和为理想献身的高尚情怀。

左权给刘志兰的信

(1941 年 5 月 20 日)

志兰，亲爱的：

一月二十七日与三月七日两信均于最近期内收到。

前托郭述申①同志带给你一包东西：有几件衣服几张花布一封信，听说过封锁线时都丢掉了，可惜那几张布还不坏，也还好看，想着你替小太北做成衣服后，满可给小家伙漂亮一下，都掉了，这怪不得做爸爸的，只是小家伙运气太不好了。

时间过得真快，去年的现在你已进医院了，那时你还怕着这样顾虑着那样，我亦在担心着，但总在鼓你的勇气不要怕，几天后五月廿八日（大概是二十八日我记不准确了）太北就很顺畅的出世了。不久后我才把我去太南时你给我的信交还给你，证明你过多顾虑之非，不是么？到现在，今年的五月二十八差不几天就整整的一年了，太北也就一岁了。这个小宝贝小天使我真是喜欢她。现在长得更大更强壮更活泼更漂亮，又能

---

① 郭述申，原名郭树勋，湖北孝感人。当时任新四军第 2 师政治部主任，赴延安途经晋东南。

喊爸爸妈妈，又乖巧不顽皮，真是给我极多的想念与高兴。可惜天各一方不能看到她抱抱她。哪里会忘记呢？在工作之余总是想着有你和她和我在一块，但今天的事实不是这样的。默念之余只得把眼睛盯到挂在我的书桌旁边的那张你抱着她照的相片上去，看了一阵也就给我很大的安慰了。

牡丹虽好，绿叶扶持，这是句老话。小太北能长得这样强壮、活泼可爱，是由于你的妥善养育，虽说你受累不少，主要的是耽搁了一些时间，但这也是件大事，不是白费的。你要我做出公平的结论，我想这结论你已经作了，就是说“我占了优势，你吃了亏”。不管适合程度如何，我同意这个结论。

两信均给我一些感动与感想。你回延后不能如我们过去所想象的能迅速处理小儿马上进到学校，反而增加了更多的烦恼，度着不舒适的日子、不快乐的生活。我很同情你，不厌你的牢骚。当看到你的一月二十七日信时，我很后悔，早知如此，当时不应同意你回延的处置，因为同意你回延主要的是为了你学习，既不能入学，小儿又不能脱身，在前方或许还方便一些。后来看到你的三月七日信，已找到保姆，小儿可以脱身，你可于四月初入学，我也就安心了。

你已经入学了，一定很快乐的。努力地在学习着，达到了你的目的也达到了我的愿望。我的一切你不要担心，也总可以放心。自去年反扫荡结束后，我们搬住一个大庙里，到现在已半年了。环境很平静，生活也很安定。建了一些新房子，种了不少菜，植了很多花，有牡丹、芍药、月季、玉簪以及桃李杏和菊花等。花园就在住室的门口，如去年住的小庙一样，不过这个规模大些。廿一号[①]及王政柱[②]、志林[③]等同志都住在一起，很热闹。特别是花园很漂亮，桃李梨等已结果实了，不久就可以吃果实。牡丹花开得很漂亮，不久才完了。现在芍药花与月季花正在开着，比牡丹还漂亮。满院的香味比去年我们驻院的花好得多了。我本来不爱这些的，现在也觉很好，有些爱花的心理了。在我那张看花的照片上你可以看到一些，可是这只是花园的一角呢！你看好不好？你爱不爱？来吧，有花看还有果子吃呢！住地的周围与附近也是很好的。满川的树木结了不少的核桃、柿子、花椒以及其它等等。还有一条碧绿的水流着，真是太幸福了。我依然如故，身体也好，工作之余可以打球，惟牙痛有些增加。

志林身体也好，较前似胖了些，惟没有长高。工作安心，与同志关系也好，有些进步，现在除工作上课外在看《鲁迅全集》。他的一切我当照顾，不必担心，到适当时期他可以而且必须学习，我已考虑到了。现在的工作于他是适合的，也是个锻炼。

志林看到你给我的一月二十七日信后说“五姐的性情还是那样的急躁”。我很同意这句话。生太北后你确受累不少，耽搁了一些学习与工作，但这不是说就全无学习、全无进步，就落后就向后转了，这都不是事实。力求进步不愿后人这是好的，也是必须的。但以为有了太北就“毁灭了自己”，就加上

---

① 指首长代号。

② 王政柱，湖北麻城人。当时任八路军前方总指挥部作战科科长。

③ 志林，即刘志林，刘志兰的弟弟。

了“重重的枷锁”，我不同意。因为这样的想法只是造成更多的不必要的烦恼与痛苦，造成“情绪很坏”，可能求得进步的机会也将抛弃。太北这样活泼可爱的宝贝不要打她，“打亦无济于事”，想来你爱她之心与我是一样的，或许“打她一顿”的话是向我发牢骚的，不是事实。希望这仅只是发牢骚，不是事实，那太北就幸福了。

二月七日的信提到一些我俩共同生活上以及你回延时的一些问题，你提这些问题的心情我是了解的。我不作任何意外的猜想。但是在别人表面的看来可能作出不同的了解。我俩的感情是深厚的。一切当不致发生问题，虽说你估计我可能愈走愈远，我也不能肯定的回答，如一旦有必要须要我走远或走近时我是毫不犹豫的担当的，但不管走到哪里去，离开你有多么远，只要我俩的心情紧紧的靠拢在一起，一切就没问题了。我没忘记你，也不会忘记你，兰，相信我吧！

关于共同生活上的一些问题，你感到有些相异之处，有些是事实。部队生活有些枯燥，加上我素性沉默好静，不爱多言，也不长言说，文字拙劣，真诚热情不善表露，一切伪装做作更作不出来，也不是我所愿，对人只有一片直平坦白的真诚，你当能了解。看到共同生活中这些之处而作适当的调剂，使之在生活上更加接近与充实，也有其意义的，我总觉得这只是次要的问题。如果把问题提到原则一些，共同生活更久一些多习惯一些，那一切也就没问题了。志兰，你认为如何？对不对？

在砖壁时是你极感痛苦的时候，我能了解。现在还时刻想着你带小儿那段生活及回延时经过中，有许多的事情，是不妥善的，非事实的。不只是“太感情”、“神经过敏”、“太□□”而简直是不应该，太欠考虑，太少原则性了。亲爱的志兰，我的终身情侣！我原谅你在苦闷的生活中写出这段话来。我本不愿提起这些，现在还不愿向你说明白的，因为刺激我太深了。

我同意你回延主要的是为了你的学习，因为在我们结婚起你就不断的提起想回延学习的问题。生太北后因小孩关系看到你不能很好的工作又不能更多的学习，以为回延后能迅速的处理小孩，能迅速的进校读书，当然是很好的。所以就毫不犹豫同意了你的提议。其实在你未提出回延问题以前我已有念头了。你走后有人说左权是个傻子，把老婆送到延安去。因他们不了解同意你回延主要的是为了你的学习，我也就不去理会他。而今你亦似不解似的，以“讨厌”等见责，给我难以理解了。我想你的这种了解是不应该的。

志兰！亲爱的，你走后我常感生活孤单，常望着有安慰的人在，你当同感。常有同志对我说把刘志兰接回来吧。我也很同意这些同志的好意，有时竟想提议你能早些返前方，但一念及你求知欲之高，向上心之强总想求进步，这是每个共产党员应有的态度。为不延误你这些，又不得不把我的望之切念之殷情打消忍耐着。另一问题就是顾及返前方后免不了又怀孕，将增多你的更多苦恼，所以心里总是矛盾着，直到现在还是矛盾。

你累次要我对你多提出意见，在过去的一段生活上，我回忆，一般的我觉得都很好。但我去太南时你给我的信以及三月七日的信给我印象颇深，两信中之共同缺点，就是顾生活问题过多，有些冲动，有些问题考虑不周。有的同志说你有些自负自大，只能为人之上，说话有些过于尖刻，这些我感觉还不深，既有此反映，值得注意。

你如已入学则一切都好了，你可安心学习，有暇照顾□□活泼可爱的孩子，我们的小宝贝。□□□□□□□兰！你是我终身的伴侣。

战局又有新的发展，晋南鄂西打得厉害，敌机到处轰炸。我们亦在紧张进行着我们应作的事。敌寇的造谣挑拨，亲日派顽固的诬蔑是劳而无功的。

你的身体不好，希多多注意休养，莫给我过多担心。

托人买了两套热天的小衣服给太北，还没送来，冬天衣服做好后送你，红毛线裤去冬托人打过了一次寄你。如太北的衣服够穿，你可留用，随你处理，我的问题容易解决。另寄呢衣一件、军衣一件、裤两条及几件日用品统希收用，牛奶饼干七盒是自造的还很好，另法币①廿元，这是最近翻译了一点东西的稿费，希留用。

照片几张，均是最近照的，一并寄你，希安好。

不多写了，时刻望你的信。

祝你快乐，努力学习。

感谢叶群②、慕林同志的问候，请代致谢。

你的时刻想念着的人，太北的爸爸

五月廿晚

---

① 法币，1935年以后中央银行、中国银行、交通银行、中国农民银行发行的纸币。

② 叶群，女，福建闽侯人。当时在延安中共中央党校学习。

【品读】

左权是八路军的高级将领，他的妻子刘志兰是北京人，与彭德怀的夫人浦安修是北京师范大学女子附属中学的同学和好友，是“一二·九”运动的积极分子，人也长得很漂亮，被朱德赞为“女同志中的佼佼者”。经朱德和康克清做媒，1939年4月16日左权与刘志兰在山西省五台县璐成北村结婚。左权极为珍惜自己的婚姻，对妻子呵护有加。刘志兰自幼丧父，家里又是女孩多，在她眼里，左权不单是自己的丈夫，还是兄长、老师。

1940年8月，因筹划百团大战军务繁忙，左权同意刘志兰带着出生不久的女儿左太北回延安。妻子走后，左权心里割舍不下，每当有人去延安，他都要给妻子带一个包裹，里面有信，有营养品，还有自己译著的稿费及托人给女儿做的小衣服等。刘志兰也常给丈夫写信，信中可以说是无话不谈。有安慰，有分别后的情况介绍，也不免有对幼女拖累、生活艰辛的牢骚和埋怨。

这封信写于1941年5月20日，是左权接到妻子的来信后写的回信。信写得情真意切，感情饱满，展现了驰骋沙场的铁骨将军的热血柔肠。在战火纷飞的环境中，身为指挥千军万马的将军，还能细心地为妻女准备牛奶、饼干、毛线裤、热天的小衣服和其他生活日用品，可见他对妻女的爱之深切。当然，他的爱并不是只表现在这些物品上。在信中，他反复劝慰和鼓励妻子要不断学习。他说：“但不管走到哪里去，离开你有多么远，只要我俩的心情紧紧的靠拢在一起，一切就没问题了。”几十年的岁月沧桑过去了，今天我们捧读左权将军的这封家书，仍能感受到爱情的纯真与伟大。

1942 年 5 月，日军对晋东南周围地区发动了空前残酷的大“扫荡”。25 日，左权在山西辽县指挥部队转移时不幸中弹牺牲。左权牺牲后，刘志兰强忍悲痛，在延安《解放日报》撰写纪念文章。她写道：“为了革命我贡献了一切，包括我的丈夫。你所留给我的最深切的是你对革命的无限忠诚，崇高的牺牲精神，和你全部的不可泯灭的深爱。”

从刘志兰离开太行山区到左权英勇殉国，共 21 个月。这期间，左权与刘志兰共通信 12 封。除 1 封丢失外，其余 11 封信刘志兰一直珍藏着。女儿左太北长大成人后，她将这些信作为最为珍贵的“家庭遗产”交给了女儿。左太北将其编为《左权将军家书》，由解放军出版社于 2002 年公开出版。

邓颖超给周恩来的信

(1942 年 7 月)

来：

正以你为念，接到泰隆①信，知你昨夜睡眠好，不曾受日间多人谈话的影响，悬念着的心，如一释重负，而感到恬适轻松！

真的，自从你入院，我的心身与精神，时时是在不安悬念如重石在压一样。特别是在前一周，焦虑更冲击着我心，所以，我就不自禁地热情地去看你，愿我能及时地关切着你的病状而能助你啊！

现在，你一天比一天好起来，而且快出院了，我真快活！过去虽不应夸大说度日如年，但确觉得一日之冗长沉重——假若我未曾去看你的话。我希望这几天更快地度过去，企望你，欢迎你如期出院。我想你一回来，我的心身内外负荷着的一块重石可以放下，得到解放一番，我将是怎样的快乐呢！

---

① 即颜太龙（1915—2008），江西永新人，1929 年参加革命，当时在重庆办事处担任周恩来的少校副官。

明天不来看你，也不打算再来，一心一意地在欢迎你回来，我已在开始整洁我们的房子迎接你了。现仅提你注意，出院前定要详细问下王大夫①，以后疗养应注意的各种事项，勿疏忽为盼！

白药已搽了么？是否还分一点留用？我拟明晚去看乃如②兄并送药给他。情长纸短，还吻你万千！

颖妹手草
七七前夕

最好在出院前一二日试下地走动走动为宜，不知你以为如何？望问王大夫！

【品读】

1942 年 6 月底的一天，周恩来因患膀胱脓肿住进了重庆歌乐山中央医院。经过住院进一步检查，决定动手术。邓颖超日日陪伴身边，直到他病情好转。期间董必武、钱之光等人轮流探望，毛泽东特别致电嘱咐董必武，一定要让周恩来静养休息，不痊愈不得出院。7 月 7 日，周恩来虽然还有些鼻中出血，但体温已恢复正常，令邓颖超大感欣慰。又经过一个星期的治疗和休养，刀口基本愈合，7 月 13 日周恩来出院。

在这封信中，邓颖超表达了自己在丈夫住院后的焦虑不安，以及得知丈夫病愈即将出院时的快活心情。她对丈夫的细心提醒和亲切问候，体现了这对革命伴侣浓浓的情与深深的

① 重庆歌乐山国民党中央医院的外科主任王励耕大夫。
② 伉乃如，曾任南开大学教务长，周恩来在南开中学时的化学老师。

爱。邓颖超与周恩来共同生活了半个多世纪。在共同的革命生涯中，他们互敬互爱、互相勉励，共同培育着忠贞不渝的爱情之花！

彭雪枫给林颖的信

（1942 年 7 月 7 日）

群①：

古人有句话叫做“士别三日即当刮目相看”，缘故是他在不断地转变着。这是很合乎辩证法的。看了你的这次来信，证明你在思想上又进了一大步，那就是你的克己功夫，能够克制自己，而且也不是盲目的或冲动的，而是经过了一夜之间的“矛盾的斗争”终于胜利了。贤妻有此进步，愚夫理当祝贺的啊！

关于交友——待人接物问题，根据来问，答复如后：你说对待比自己强的同志已毫无妒意，并能以诚敬之心待之。这当然很难得。尚望你百尺竿头更进一步。

古训中有“精诚所至，金石为开”一语。倘我已以诚待人，而人对我仍存戒心者，则首先即应反省自己，看诚得够不够，诚之功夫用得到家不到家？诚实是虚伪的反面，为古今中

① 群，即裕群，林颖的曾用名。

外所共认的美德。我辈应以此二字共励共勉。一年以来，我在这方面用了不少功夫，最近曾收到了颇大的效果，故我亦为窃以自慰。详情面叙吧。

至于对比自己差些的人，则应于“诚”字之外，再加上一个“耐”字。这首先要从思想方法上着眼，即不要片面的去认识一个人。任何一件事物均有其短亦有其长，有其恶亦有其善，倘能耐心与之接近、与之畅叙，必可发现其优点长处，而且在共产党人的立场说，对这些人，更有给予协助地必要，而且在其中亦能学得东西。

你能时刻反省自己，而又能身体力行，这是很好的现象，此亦即裕群之所以为裕群了……

雪枫

一九四二年七月七日

【品读】

彭雪枫，河南镇平县人。1925 年加入中国共产主义青年团，1926 年转为中国共产党党员。1930 年起，历任中国工农红军第五军、第八军的大队、纵队政委，第二军团二、四师政委，江西军区政委。长征中曾任红五师师长，中央军委第一局局长。到陕北后任红一军团第四师师长。抗日战争爆发后，任八路军总部参谋处处长兼驻晋办事处处长。1938 年组建新四军游击支队，任司令员兼政委。1939 年任八路军第四纵队司令员。1941 年任新四军第四师师长。1944 年 9 月 11 日，在河南夏邑八里庄战斗中牺牲，时年 37 岁。他曾被毛主席和朱德誉为“共产党人的好榜样”，是我党和我军优秀的军事指挥员。

1941年，新四军第四师师长彭雪枫和中共江苏省淮宝县县委妇女部长林颖，通过组织牵线、鸿雁传书确立了恋爱关系。9月24日，两人在江苏省泗洪县半城镇大王庄举行了简单的婚礼。婚后，由于战斗和地方工作的需要，两人聚少离多，只能靠写信的方式相互联系、相互鼓励。这是1942年7月7日，彭雪枫接到妻子林颖的来信后写给她的回信。在这封信里，彭雪枫对妻子的思想工作和工作情况表示出了极大的关心，并着重讲了自己认为应该如何“以诚敬之心”待人的问题。他认为应该把“精诚所至，金石为开”的古训作为为人处世的准则，同志之间要以诚相待，假如对方对自己仍有戒心，就要先反省自己，“看诚得够不够”；而对比自己差的人，在“诚”字之外，还要再加一个“耐”字。这样身体力行，主动去发现他人身上的长处，同志关系就容易处理了。

这封信主要是在说理，讲日常待人接物的问题。彭雪枫将军的观点与行动，为我们妥善处理同学、同事、朋友关系树立了榜样，告诫我们要把“以诚待人”作为处世的准则，诚心诚意与身边的朋友、同事搞好团结。

彭德怀给浦安修的信

(1947 年 6 月 18 日)

安修同志：

敌进边区卅三个旅。在三个月中（三月十九日起），消灭敌五个旅。敌近由川鄂及甘肃凉州增调六个旅。边区军民战胜进犯军信心大为增强。你在静乐工作取得经验甚好。一切如常，请勿念。

德怀

巧酉①

【品读】

彭德怀出生于湖南省湘潭县县城西南乌石峰脚下的彭家围子。他出身农家，早年曾入湘军当兵，后考入湖南陆军讲武堂，后加入国民革命军并参加北伐。1928 年加入中国共产党，

---

① 旧时函电中习惯用诗韵韵目“东、冬、江、支”等依次代表每个月的各日，用地支依次代表一年的十二个月份或一日的十二个时辰。这里的“巧”即十八日，“酉”指十七时至十九时。

逐步成长为我党卓越的政治家与军事家。

然而，作为老一辈革命家的彭德怀，其婚姻生活并不顺利。早年，彭德怀与表妹周瑞莲青梅竹马，两小无猜。1913年秋，彭德怀领头抗粜受到官府通缉；以后又因领导堤工们砸了一个堤务局而逃亡。1916年春，彭德怀正式和周瑞莲定下婚事后，即到长沙投奔了湘军。他原打算于1920年同周瑞莲结婚，不料舅舅因地主逼债自杀；地主还要卖瑞莲抵债，瑞莲至死不从，最后也跳崖身亡。彭德怀得此消息，十分悲痛。

在此之后，彭德怀不再另找配偶。参加革命后，战友们很关心他的婚事，后经陈赓介绍，彭德怀与浦安修恋爱。1939年秋，在敌后太行山根据地麻田镇八路军总部，彭德怀向刚从延安回来的朱德总司令提出了与浦安修结婚的申请。当时正是战争环境，中央曾规定，八路军将士结婚必须符合两个条件：一是年龄在35岁以上；二是职位在旅长以上。彭德怀当时已41岁了，又是八路军的副总司令，完全合乎条件。朱老总代表中央同意了彭的申请。

婚礼举行那天，朱老总、刘少奇、邓小平和左权等都来祝贺。战友们欢聚一堂，纵论古今，说笑逗趣，充满了同志的深情。席间，彭德怀举杯红着脸对大家说：我和小浦从心坎里感谢大家。今天我们的生活还很艰苦，但我们的心是热乎乎的，中国革命的前途远大，我们要在党中央领导下，团结奋斗，勇敢杀敌，坚决把鬼子赶出中国去。将来我们一定会建设一个美好富强的新中国！

婚后，彭德怀一直在前方忙于指挥征战，两人在一起的时间很少，只有靠书信传递彼此的思念。1947 年初，胡宗南进攻延安，浦安修随中央后方工作委员会渡河到了晋西，彭德怀则留在陕北，指挥不到 8 万人的部队与胡宗南的 10 多万军队周旋。浦安修十分惦念彭总的安全，但只能设法寄信问候。彭德怀在戎马倥偬中，也不忘给浦安修写信。体现了他们夫妻间的体谅与关心。此信虽短，但在战争硝烟缝隙中的平安家信，对浦安修来说则是意外的惊喜，此时的她正在晋西北静乐县潘家庄参加土改。彭德怀还鼓励妻子从事这一工作，认为积累工作经验“甚好”。可见夫妻双方的互敬互爱。

解放后，彭德怀与浦安修的关系更是“如宾如友”。浦安修非常关心彭德怀，而彭德怀对浦安修的体贴照顾，更被传为佳话。一对革命战侣为我们树立了夫妻生活的榜样。

陈毅给张茜的信

（1948 年 3 月）

茜，亲爱的同志和亲爱的妻子：

不料鲁中匆匆分别，又远隔山海将满一年，证明那次轻去胶东是失着的。特别九月后胶东战局紧张之际，我十分罣念留胶东所有人员和您及三个儿子。直到你们安渡渤海抵大连后才松了一口气，放下重担子。去年十一月我到渤海曾发一电报告行踪，你复电转至陕北毛主席处，我见到知您及三个儿子均好，十分安慰。此次到阜平开会遇饶政委①，谈及胶东去岁吃紧情形并打听到您渡海前的情况，更是一面惊惧一面庆幸。惊惧的是那时节真危险，苦了您和孩儿们；喜的是终于安全无恙，证明敌人把咱们无可奈何！记着此后不应分离了，迅速图团聚才是！

别来将近一年，七月诸战不利，八月反攻，九月渡黄河，十月到豫皖苏，十一月回渤海，十二月到太行阜平，一

① 饶政委，指饶漱石。当时任中共中央华东局书记、华东军区政治委员。

月过雁门关，二月初到陕北，三月初回阜平朱刘处①开会，现拟月底南下归队。这其间马不停蹄，人很疲困，跑路多，见识亦广，我军的胜利亦大，革命局面又大大不同于以前。现在可以肯定说我们迅速可以看见全国革命的胜利了，可喜可喜！

我身体如前，无他变化，一切请放心。您身体谅好，孩儿们谅亦好，我是最关心您及孩子们的。

现在此间派人到大连接洽电影材料，乘便寄此简信以慰远望。您不要回信，得此信即设法回山东转前方团聚。在渡海安全条件下应不迟疑，迅速成行，以快为好，至盼至盼。许多杂事见面畅谈，不在此多写了。

布礼！

仲弘②吻您并在三个孩子
面前提名问他们好。

您回时孩儿们可不带，托朱、戴、宋③及其他同志照料。此事请您全权处理。您应速回，应于七月雨季前赶到渤海（途间安全第一）。至要至要。

朱毅、裕和、济民、楚青④及其他同志前代问好。

---

① 朱，指朱德；刘，指刘少奇。刘少奇时任中共中央工作委员会书记，朱德为副书记，驻地在河北省阜平县西柏坡村。

② 陈毅，字仲弘。

③ 朱，指朱毅，当时任中共中央华东局财委驻大连工作委员会书记兼大连建新公司经理。戴，指戴济民，当时任华东野战军卫生部副部长、大连干部疗养院院长。宋，指宋裕和，当时任华东野战军后勤部部长、华东军区后勤部司令员。

④ 楚青，粟裕的夫人，当时亦在大连。

【品读】

“英雄肝胆亦柔肠。”这是陈毅在追悼王若飞时，有感于亡友对爱情的坚贞，赋出的诗句。这句诗也是他的自我写照。陈毅在对待爱情与妻子的问题上，也尽显“柔肠”。

陈毅的妻子张茜出生于武汉。父母非常喜爱这个娇小的独生女，便取名掌珠，小字春兰。她从小就认真读书，追求真理，上中学时还参加了进步学生组织的读书会。“七七”事变后，刚满 15 岁的张茜便随演剧队走大街，串小巷，积极宣传抗日救国。1938 年春，张茜响应正在武汉的周恩来和邓颖超的号召，参加了新四军，当了军部战地服务团的话剧演员。张茜天生丽质，面容俊俏，身段苗条，再加上演技高超，声音甜美，短短一年多时间，便在全军名声大震。当时陈毅任新四军第一支队司令员，这位具有诗人气质的潇洒将军，很快就对年轻漂亮而又才华出众的张茜产生了爱慕之情。姑娘也深深敬仰这位早年投身革命，既是文人又是武将的司令员。1940 年春，陈毅和张茜在苏南茅山根据地的水西村结为伉俪。

刚刚 18 岁的张茜与年近 40 的陈毅结合，曾引起某些人的议论，认为彼此的年龄差距太大。张茜听了付之一笑，她说：“年龄差距不是主要的，我感觉学问和政治水平远不及他，我要和他相称，成为伴侣和助手，只有奋发攻读。”张茜是聪敏贤惠的，她实现了自己的诺言，跟随陈毅走南闯北，成为他的终身伴侣。1940 年夏，新婚才三个月的夫妻因各自的工作而两地分居。陈毅率主力离开苏南茅山根据地，渡江北上，开辟苏北抗战局面；张茜则去苏中搞地方工作。而后又会合，在黄桥战役最紧迫的关头，张茜一直随其左右，整理书籍文稿，“坚壁清野”，准备万一。皖南事变后，陈毅出任代军长，张茜则参加反“扫荡”斗争，两地分居隔不断彼此的思念。在张茜即将返回军部与陈毅重逢之际，陈毅夜不能寐，辗转反侧，吟成一绝，表达了他思念爱妻的真挚情感。“足音常在耳间鸣，一路风波梦不成。漏尽四更天未晓，月明知我此时情。”可见两人感情之深。

1947 年夏初，夫妻二人在鲁中分别，张茜带着三个孩子先到胶东，而后渡海去了大连。1948 年 3 月，陈毅到达河北阜平参加中共中央书记处举行的扩大会议。这封信是陈毅到达阜平之后写给正在大连的妻子的。

这封信写于中国革命胜利前夕，通篇洋溢着陈毅对迅速发展的革命形势的喜悦之情。“现在可以肯定说我们迅速可以看见全国革命的胜利了，可喜可喜!”当时战场形势总体对我军是有利的。当然，那时的战事依然激烈，他对妻子、孩子仍有无限的牵挂和不尽的思念。在信中，他表达了急切盼望与妻子早日团聚的心情，读来令人倍感亲切、自然，富有浓浓的生活情趣。

陈毅给张茜的信

（1949 年 4 月 5 日）

倩儿：

三月廿三日及四月一日两信收到。康生[①]同志亦有电来说愿帮忙照料你等。宋裕和同志亦电告三个小孩均安抵青州。得你两信知你已布置妥善，更放心了。我现在由蚌埠移至合肥附近，一片黄金菜花，一片稻田，麦绿如油，南方景色十分可爱，多年久居北方不禁有新鲜感觉。

你既然任医学宣教工作，望努力。但盼望多多照护三个小孩，我不能兼顾，一切只有靠你了。南下后工作很忙，每每开会，写文件，谈话，几乎没有多的休息时间，如果亦有稍稍可空闲的功夫，就想你能来我身边为好，就以你不同我南下为欠为念。好在胜利很快，望于打下南京之后，火车搞通，即盼你能同三个小孩迅速南下会合，不能让多年来夫无妻伴，妻无夫陪，儿子离父母，父母离了他们的爱儿呀！望注意身体，你吃

① 康生，当时任中共中央华东局副书记、山东分局书记。

得太少，要养得胖胖的来见孩子的爸爸！余不多谈。乘刘彬[1]同志北来顺带此信。

仲[2]启
四月五日

有便人来写信来。又及。

【品读】

为了中国人民的解放事业，陈毅和张茜时常天各一方。为了表达各自的思念之情，他们除了赋诗外，还时常书信传情。这封信也是写于建国前夕胜利在望的时刻，看得出陈老总心情不错，“一片黄金菜花，一片稻田，麦绿如油”，他笔下的南方景致充满了诗情画意。这也是其革命乐观主义精神的体现。对妻儿的思念则是一如既往，稍有闲暇就希望妻子能够在身边，这种对妻子的深深依恋尽显无疑。为了革命，为了新中国的事业，老一辈革命家牺牲了太多个人的家庭亲情与情感，陈毅更是希望早日结束这种“夫无妻伴，妻无夫陪”、父母与骨肉相分离的局面。这也是其真感情的流露，可谓尝尽相思之苦后的肺腑之言。

陈毅和张茜在战火纷飞的抗日岁月中结为终身伴侣，三十余年间，相濡以沫，心心相印。他们把这情感附丽于自己毕生为之奋斗的伟大事业中，时时更新，为我们年轻一代树立了楷模。

---

① 刘彬，当时任中共哈尔滨市委常委。
② 仲，即仲弘，陈毅的字。

周恩来给邓颖超的信

（1950 年 1 月 12 日）

超：

明早将到满洲里。何谦[①]告诉我说，给小超同志写几个字带回去。谢谢他的关心，我马上提起笔来写信。

沿途平安，堪以告慰老婆。九日夜开车后，即解衣就寝。五点半到天津，黄敬[②]等人上车问事。十日十时起床，车过开平、滦州、昌黎、榆关；出关后又就寝，晚十时再起，直至十一日五时半始到沈阳。在沈停三小时，见高岗[③]、林枫[④]、李卓然[⑤]等同志，八时半加入富春[⑥]、欧阳钦[⑦]等同志继续北行。

---

① 何谦，时任国务院总理办公室秘书。

② 黄敬，时任中共天津市委书记、天津市市长。

③ 高岗，时任中央人民政府副主席、中共中央东北局书记、东北人民政府主席、东北军区司令员兼政治委员。

④ 林枫，时任中央人民政府委员，东北局副书记、东北人民政府副主席。

⑤ 李卓然，时任东北局宣传部部长。

⑥ 富春，即李富春。时任政务院财政经济委员会副主任、重工业部部长。是中国政府赴苏代表团成员。

⑦ 欧阳钦，时任中共旅大市委书记。是中国政府赴苏代表团成员。

十一时就寝，一睡十一小时，直到晚上十时始起床。当夜十二时半抵哈尔滨，在哈停了三小时，洗了一个澡。十二日三时半离哈，五时就寝，十时起床，准备今晚十时就寝，回至常人常轨。如能睡至明早六时起床，则七十八小时的行程，我睡了三十六小时，当不算少了。这是你最开心的事，特此告你。

途中并不太冷，我的大衣有点太沉重了，且显得臃肿，但既穿上身，就不必再改。过哈尔滨后，北满高原，气候转暖，且未下雪，于今春生产，恐大有影响。闻兴安岭北，则气候特寒。已入夜中，不能探知雪景究如何了。

所带书报，尚未打开细看。翻了翻雪声纪念册①，觉得你应该写封信给雪芬②，鼓励她多多学习力求进步才对。

到满洲里不知能否遇到女儿③，她回至北京当能告你。

许多人都问到你的健康。希望你由于我的离开，能得到一个月的安心休息。回来后，能看到你更加年轻，那将如何快乐?!

再见，我的老伴!

周恩来

一九五〇. 一. 十二晚

---

① 雪声纪念册，指上海雪声剧团的纪念册。

② 雪芬，即袁雪芬，越剧演员。

③ 女儿，指烈士孙炳文的女儿孙维世，是周恩来夫妇收养的烈士遗孤之一。时任中国青年代表团翻译，正在出访归国途中。

今晨五时起，六时得满洲里电话，萧华、家康[①]已在站等候，大约女儿也在那里了。

十三晨六时又及

【品读】

1950年1月12日夜间，列车疾驰，中国的北方边陲依然寒凝大地。周恩来率中国政府代表团前往苏联协助毛泽东与苏联政府谈判。车厢内大多数工作人员都已休息，当秘书何谦建议总理给妻子写几个字带回去时，他没有片刻迟疑，马上提起笔来，任思念和爱意在纸笔间流淌，一个细微的动作将他对妻子深深的思念和爱意表露无遗。

新中国成立后，周恩来身为总理兼外交部长，一直忙于各种纷繁复杂的政府事务。在这北行列车上，他虽然不停地考虑即将与苏联方面的谈判，但在处理完日常公务，在秘书的提醒下，他思维的触角同时也伸向身后的北京。是呵！建国后有那么多纷繁复杂的政务需要他去处理，邓颖超身体一直不太好，并整天忙于妇女工作的开展。周恩来在信中将自己离京三日来的具体生活详细讲给妻子，特别提出自己一路很注意休息，希望妻子不要担心，并希望爱妻在自己离开的这一个月里，能够充分得到安心休息。在日常生活的娓娓叙谈中，流露出周恩来与邓颖超之间超凡脱俗的爱情，展示了他们之间浓烈丰厚的情

---

① 萧华，时任解放军总政治部副主任、团中央委员。家康，即陈家康，时任团中央国际部部长。1949年7月22日，萧华、陈家康率团出席在匈牙利召开的世界民主青年第二届代表大会之后从莫斯科归国。1950年1月13日，与周恩来所率中国政府代表团在满洲里车站相遇。

感世界。发自肺腑倾诉心声的话语，充满了柔情蜜意，真实地记录了他们的爱情生活和战友情谊。品读这封信，使我们感受到了一对革命夫妻之间互相关心、平等和谐的高尚境界，领略到了革命领袖伟大、无私的爱情观。

正如邓颖超在《从西花厅海棠花忆起》一文中所说："我们之间的书信，可以说是情书，也可以说不是情书，我们信里谈的是革命，是相互的共勉。"在这封信中，周恩来还特别提到了要邓颖超给越剧演员袁雪芬写信，关心鼓励她多多学习力求进步。话语虽少，却深刻地反映出他与艺术界人士之间的亲密友好关系以及他对国家戏剧艺术事业的关心和支持。

周恩来给邓颖超的信

（1951 年 3 月 17 日）

超：

西子湖边飞来红叶，竟未能迅速回报，有负你的雅意。忙不能做藉口，这次也并未忘怀，只是懒罪该打。你们行后，我并不觉得忙。只天津一日行，忙得不亦乐乎，熟人碰见得不少。恰巧张伯苓[①]先一日逝去，我曾去吊唁。他留了遗嘱。我在他的家属亲朋中，说了他的功罪。吊后偕黄敬[②]等往南大、南中[③]一游。下午，出席了两个干部会讲话，并往述厂、愚如[④]家与几个老同学一叙。晚间在黄敬家小聚，夜车回京。除此事可告外，其他在京三周生活照旧无变化，惟本周连看了三次电影，其中以《两家春》为最好，你过沪时可一看。南方来

---

① 张伯苓，曾任天津南开学校和南开大学校长。

② 黄敬，当时任中共天津市委书记、天津市市长。

③ 指南开大学和南开中学。1913 年至 1917 年周恩来在南开学校（后改名南开中学）读书。

④ 述厂，即潘世纶，觉悟社社员，周恩来在南开学校时的同学。当时任中国银行天津分行副经理。愚如，即李愚如，觉悟社社员，潘世纶的夫人。

人及开文[①]来电均说你病中调养得很好，颇慰。期满归来，海棠桃李均将盛装笑迎主人了。连日风大，不能郊游，我镇日在家。今日苏联大夫来检查，一切如恒。顺问朱、董、张、康[②]等同志好。

祝你日健!

周恩来

一九五一．三．一七

【品读】

周恩来在事业上堪称楷模，然而，他毕竟不是完人，在内政、外交诸事缠身时，他也偶尔有顾不上亲友的时候。这种事偏偏被邓颖超撞上。就拿 1951 年 3 月间来说，周恩来就有两次没顾得上与邓颖超联系。3 月间，邓颖超曾因病在杭州疗养，她写信给周恩来。然而他却太忙，没有及时回信，正像他后来所说:“你们行后，我并不觉得忙。只天津一日行，忙得不亦乐乎”。也许是周恩来一生忙惯了，一般的繁忙对他来说不觉得忙，只有到了最忙之时，他才偶尔称忙。但重要的是，他并不真的拿忙来为自己未回信进行开脱，他给自己的行为定成“懒罪”:“西子湖边飞来红叶，竟未能迅速回报，有负你的雅意。忙不能做藉口，这次也并未忘怀，只是懒罪该打。”忙中未忘，懒罪该打，这可以说是周恩来对待亲朋间来往的基本

---

① 开文，即潘开文。当时任中共中央办公厅机要室副主任兼朱德的秘书。

② 朱，指朱德。董，指董必武。当时任政务院副总理兼政治法律委员会主任。张，指张晓梅，当时任北京市妇联主席。康，指康克清，朱德的夫人。

态度。邓颖超太理解自己的丈夫了，她不仅没有责备周恩来，相反却称丈夫的回信为“不像情书的情书”。信中周恩来向妻子介绍自己在天津的行程，还与之分享最近看的电影。夫妻间的恩爱与默契，透过这些鸿雁传书，使我们看到二人之间的爱情历久弥香，散发着诱人的光辉。能够在革命与事业的道路上做到这样，的确十分可贵。

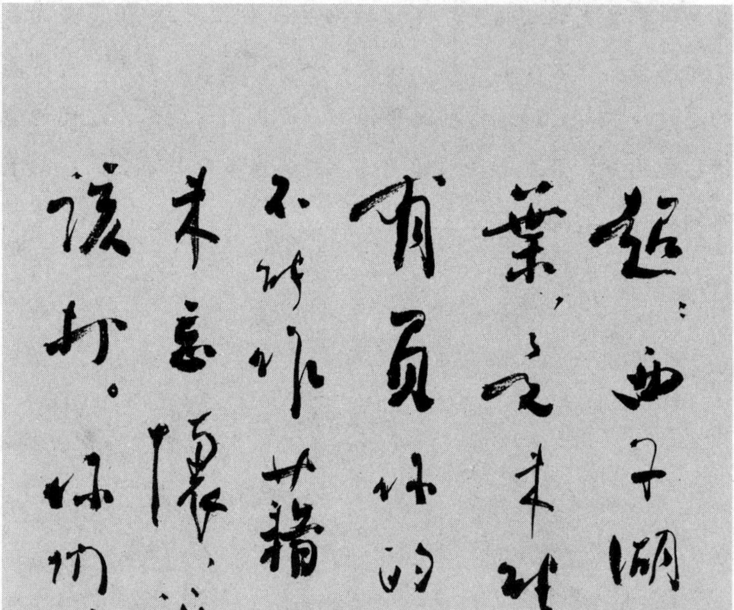

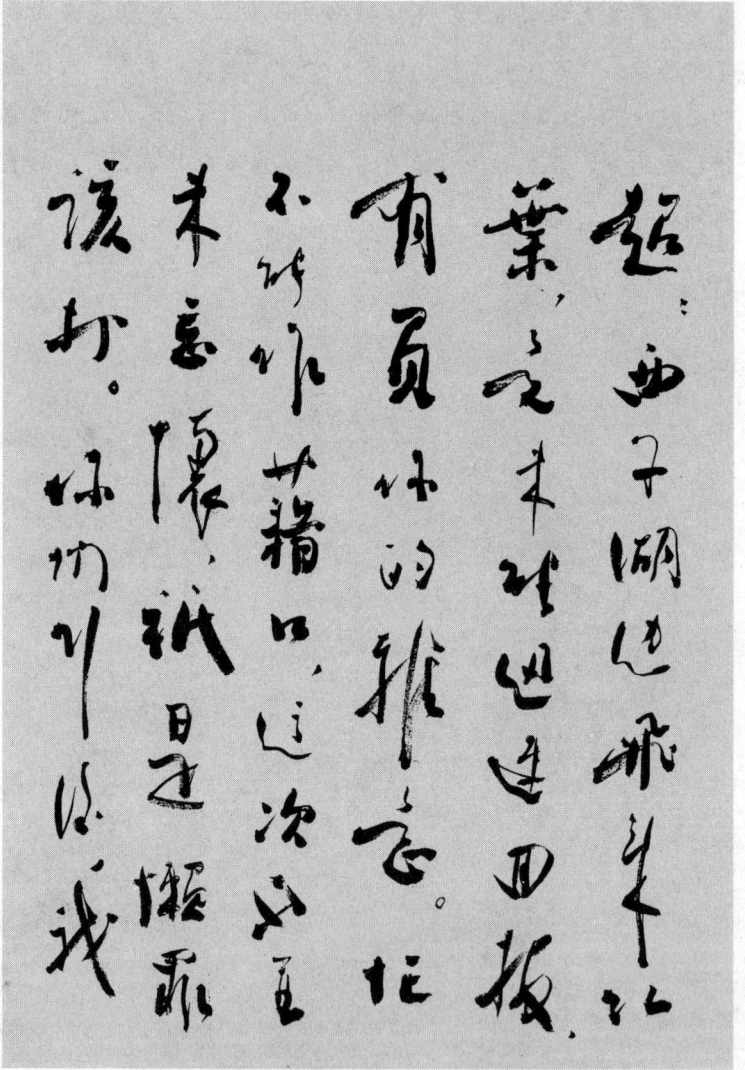

周恩来给邓颖超的信（1951 年 3 月 17 日）（1）

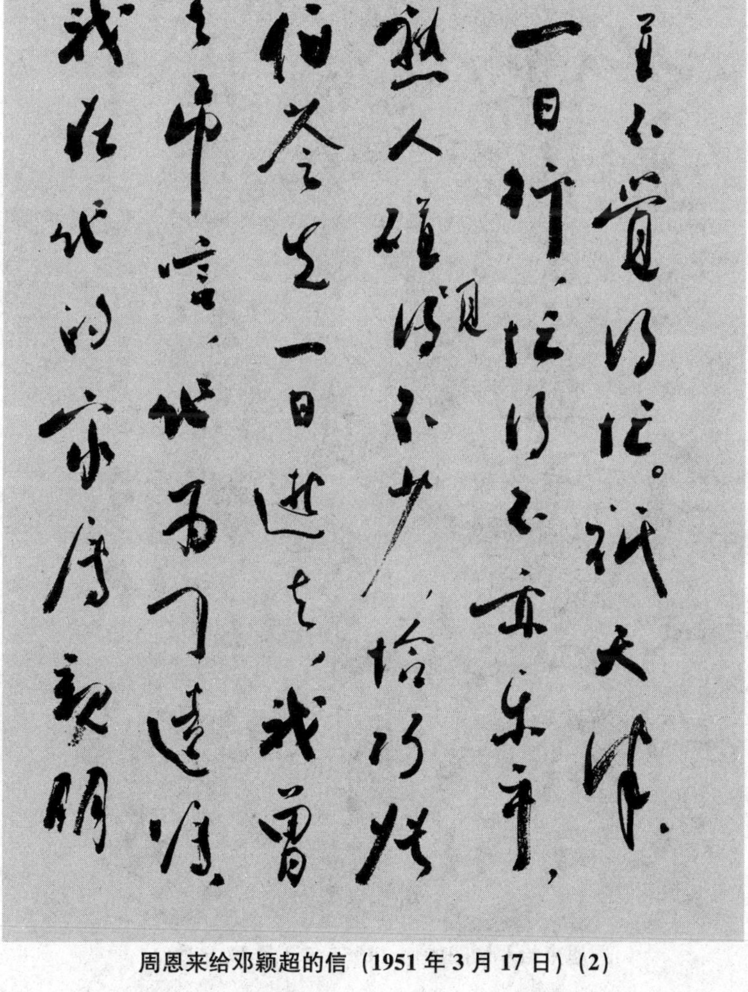
更不觉得忙。祇天津
一日行，忙得不亦乐乎，
熟人确见得不少，恰巧赶
伯苓先一日逝去，我曾
去吊唁，他有了遗嘱。
我在他的家属親朋

周恩来给邓颖超的信（1951 年 3 月 17 日）（2）

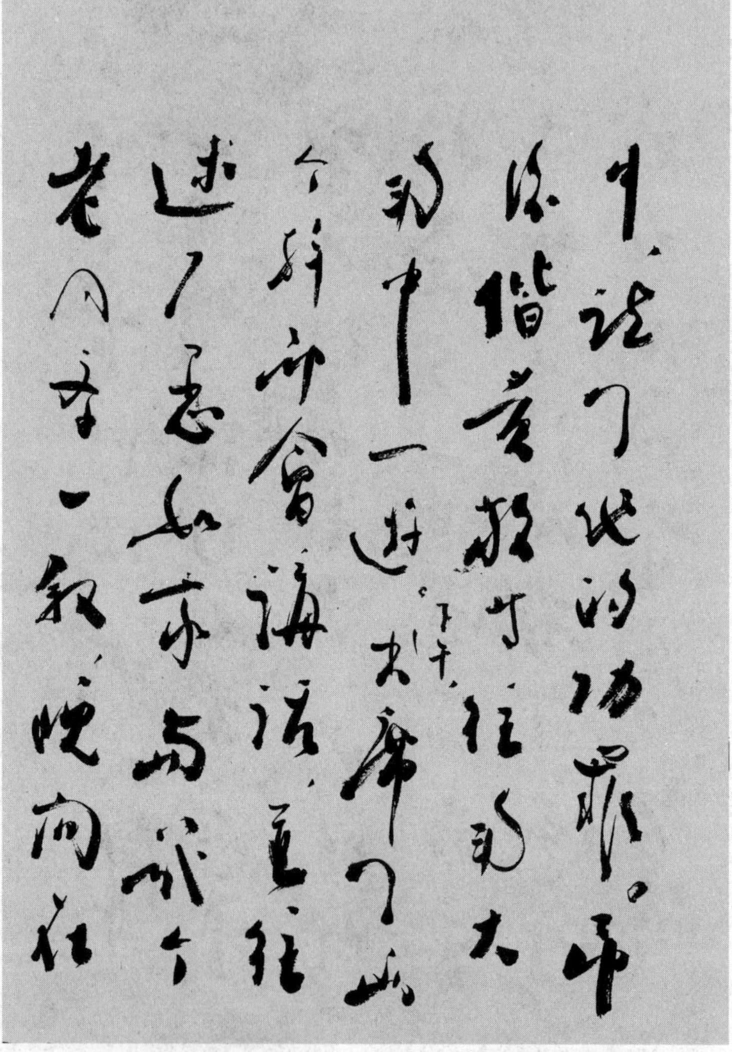

周恩来给邓颖超的信（1951 年 3 月 17 日）(3)

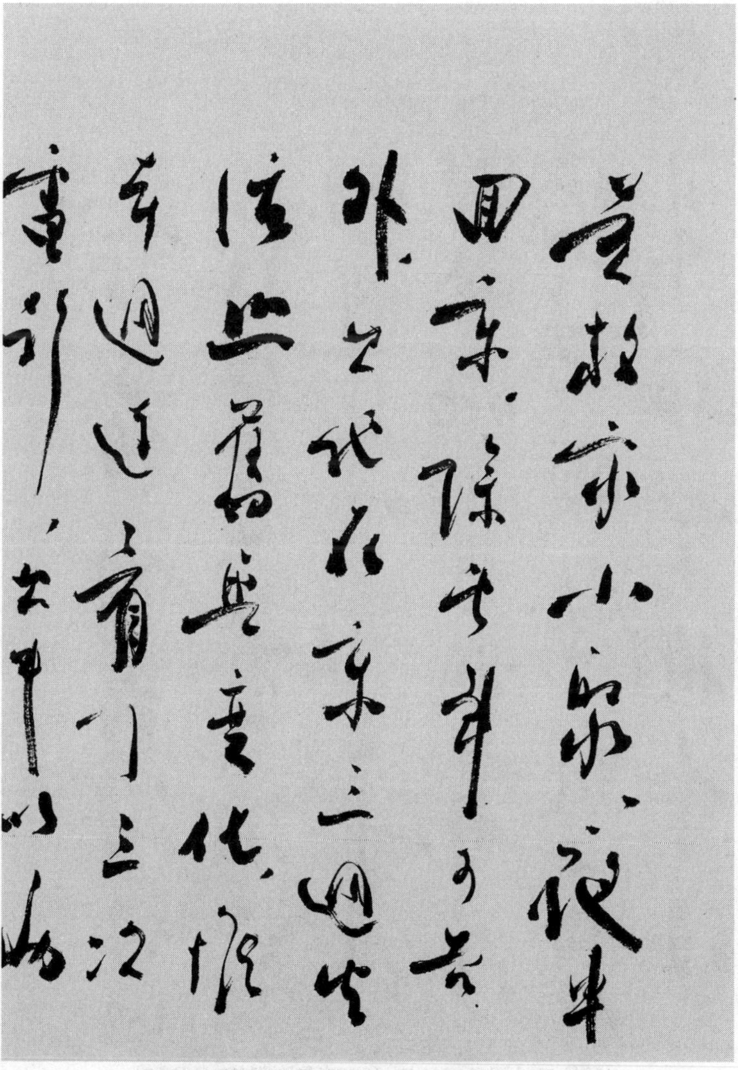

周恩来给邓颖超的信（1951 年 3 月 17 日）（4）

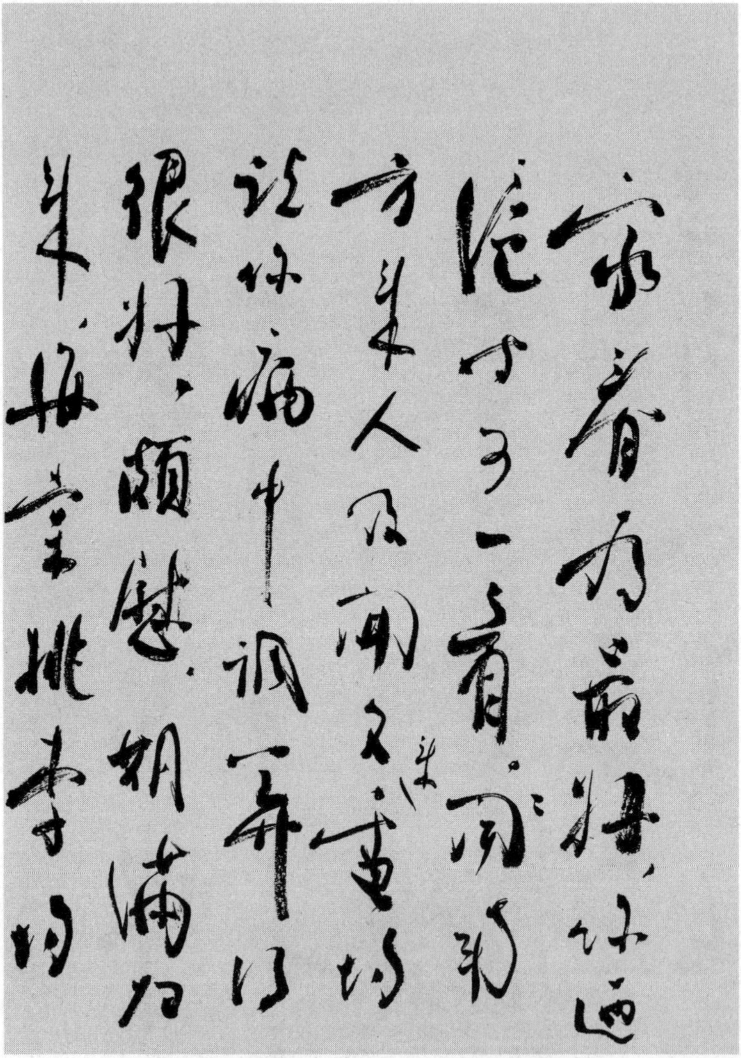

周恩来给邓颖超的信（1951 年 3 月 17 日）（5）

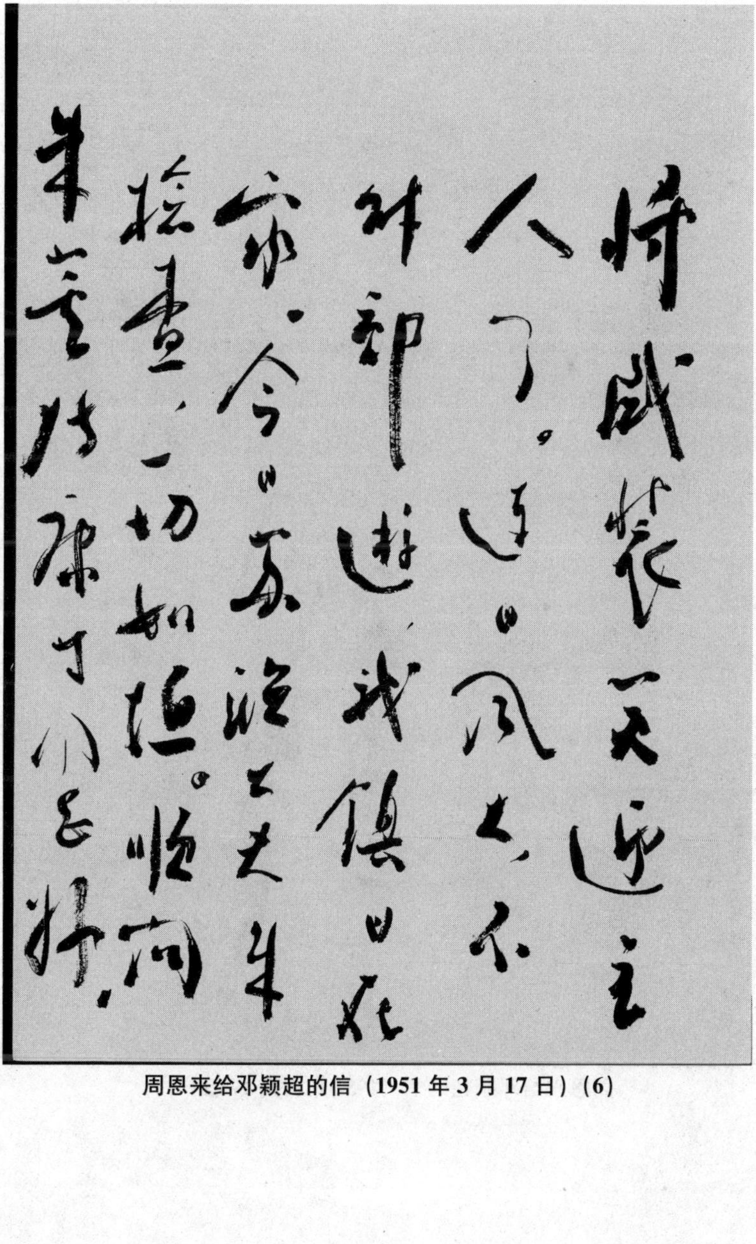

周恩来给邓颖超的信（1951 年 3 月 17 日）（6）

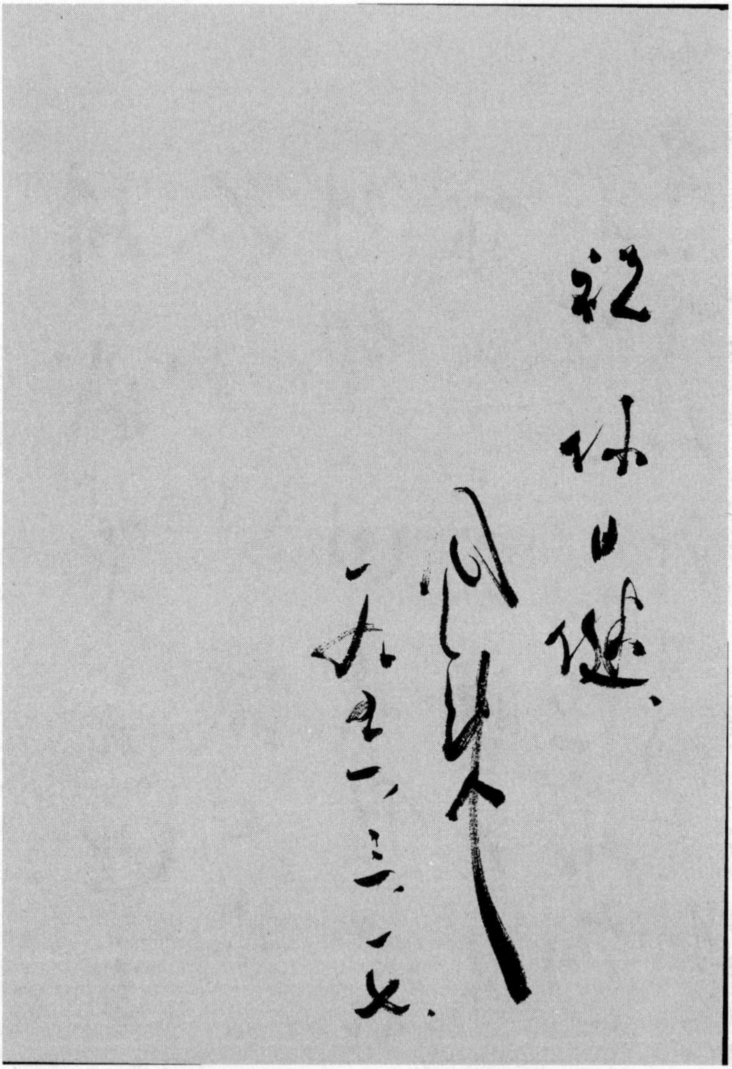

祝你日健、
恩来
一九五一、三、一七.

周恩来给邓颖超的信（1951 年 3 月 17 日）（7）

周恩来给邓颖超的信

（1951 年 3 月 31 日）

超：

昨天得到你廿三日来信，说我写的是不像情书的情书。确实，两星期前，陆璀①答应我带信到江南，我当时曾戏言：俏红娘捎带老情书。结果红娘走了，情书依然未写，想见动笔之难。寄来西湖印本，均属旧制，无可观者。望托人拍几个美而有意义的镜头携归，但千万勿拍着西装的西子。西湖五多，我独选其茶多，如能将植茶、采茶、制茶的全套生产过程探得，你才称得起“茶王”之名，否则，不过是“茶壶”而已。乒乓之戏，确好，待你归来布置。现时已绿满江南，此间方始发青，你如在四月中北归，桃李海棠均将盛开。江青因李讷又病，仍在南海，她让我告你，休养满两月再归。我意四月中旬是时候了。忙人想病人，总不及病人念忙人的次数多，但想念谁深切，则留待后证了。

周恩来

三．卅一

① 陆璀，当时任全国妇联常委和国际工作部部长。

望代候各同志。

【品读】

回复上封信后，转眼又到了月底，周恩来又一次忙得顾不上动笔。这次他用一种更轻松的语气表示了歉意："俏红娘捎带老情书。结果红娘走了，情书依然未写，想见动笔之难。"寓爱意于幽默诙谐之中而又不乏文采。他希望妻子能够欣赏西湖的美景，"望托人拍几个美而有意义的镜头携归"，同时还希望邓颖超能够留意从植茶到制茶的全套过程，携一门手艺而归。这些也让我们感受到周恩来在繁忙政治事务背后的生活情趣。

当邓颖超在病中时，他在想念之下也只好说："忙人想病人，总不及病人念忙人的次数多，但想念谁深切，则留待后证了。"一旦他没来得及写信，"总觉得欠债似的"。二人长期互敬互爱，然而在夫妻间的关心与思念方面，周恩来却自愧不如自己的妻子。1954 年 6 月，当他接到邓颖超的信后，感慨地说："你还是那样热情和理智交织着，真是老而弥坚，我愧不及你。"这种互相砥砺、互相关心彼此胜过自身的热情与执著，是当今社会夫妻之间、恋人之间都可以学习借鉴的。

其实，夫妻也好，朋友也罢，重要的是加强联络，随时相互关心，沟通思想感情，互相鼓劲前进。正像周恩来 1959 年 3 月 18 日给邓颖超的信中所说："这个时代总是要求我们多向前看，多为后代着想，多向青年学习。偶一不注意，便有落后的危险，还得再鼓干劲，前进再前进啊！"这正是总理给我们最好的提示。

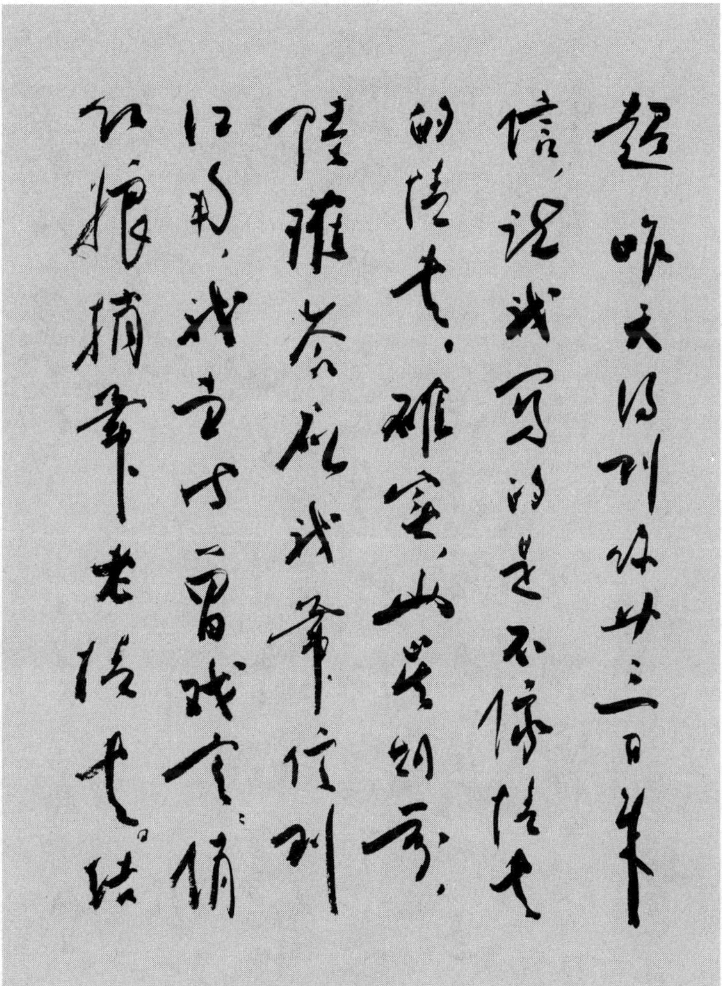

周恩来给邓颖超的信（1951年3月31日）（1）

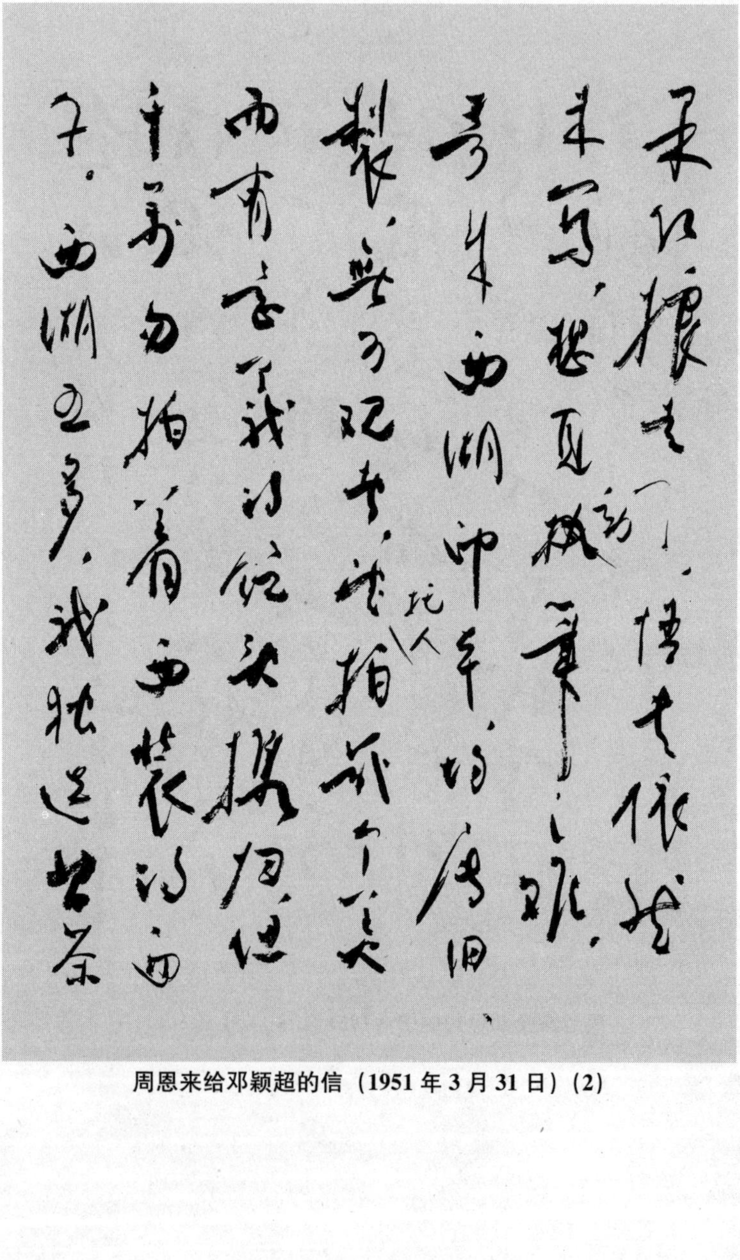

周恩来给邓颖超的信（1951 年 3 月 31 日）（2）

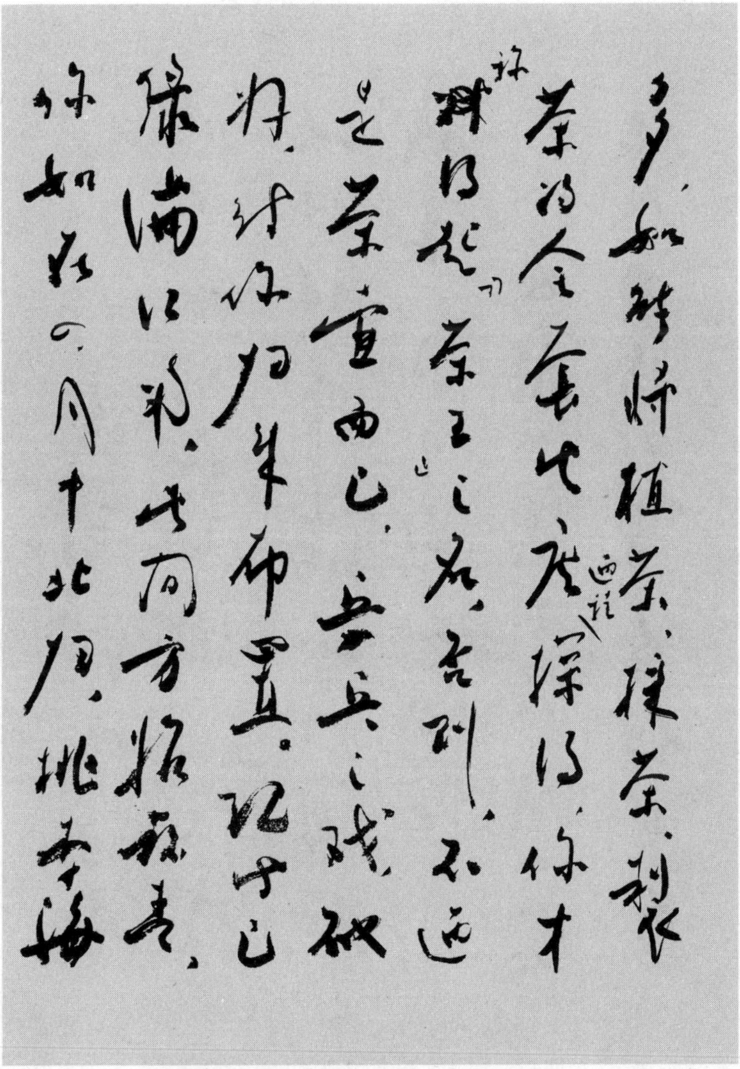

周恩来给邓颖超的信（1951年3月31日）（3）

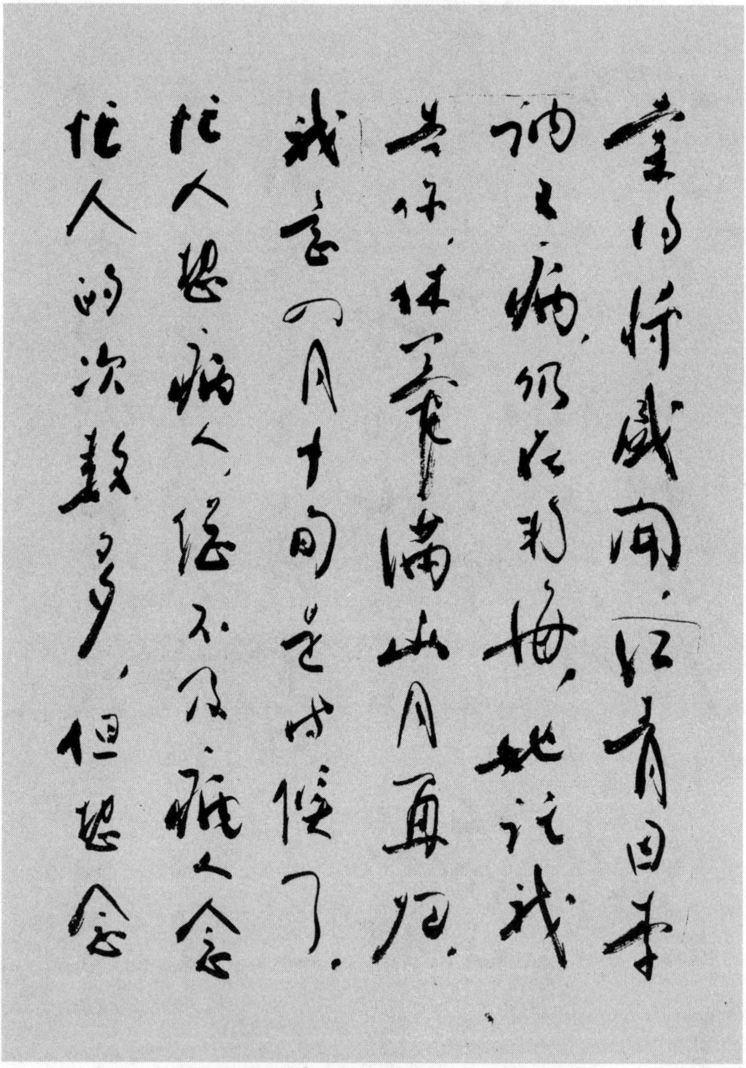

周恩来给邓颖超的信（1951 年 3 月 31 日）（4）

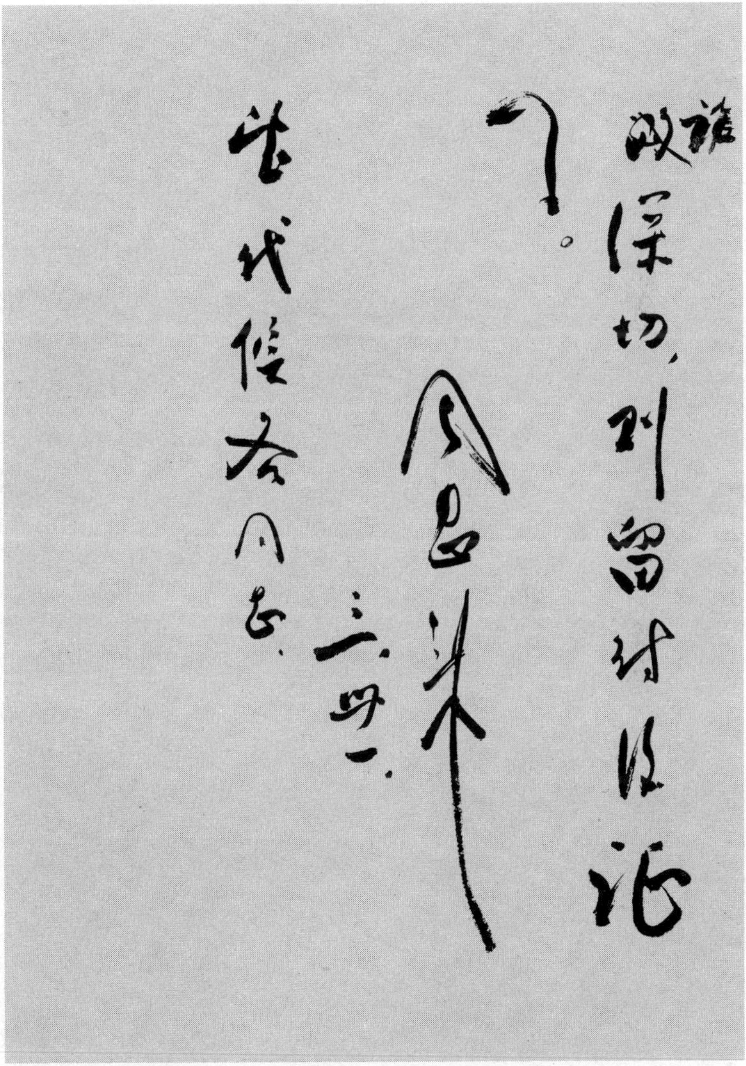
了。
恩来
三．卅一．
并代候各同志。

周恩来给邓颖超的信（1951 年 3 月 31 日）（5）

殷殷期待

毛泽东给毛岸英、毛岸青的信

（1941年1月31日）

岸英、岸青二儿：

很早以前，接到岸英的长信，岸青的信，岸英寄来的照片本，单张相片，并且是几次的信与照片，我都未复，很对你们不起，知你们悬念。

你们长进了，很欢喜的。岸英文理通顺，字也写得不坏，有进取的志气，是很好的。惟有一事向你们建议，趁着年纪尚轻，多向自然科学学习，少谈些政治。政治是要谈的，但目前以潜心多习自然科学为宜，社会科学辅之。将来可倒置过来，以社会科学为主，自然科学为辅。总之注意科学，只有科学是真学问，将来用处无穷。人家恭维你抬举你，这有一样好处，就是鼓励你上进；但有一样坏处，就是易长自满之气，得意忘形，有不知脚踏实地、实事求是的危险。你们有你们的前程，或好或坏，决定于你们自己及你们的直接环境，我不想来干涉你们，我的意见，只当作建议，由你们自己考虑决定。总之我欢喜你们，望你们更好。

岸英要我写诗，我一点诗兴也没有，因此写不出。关于寄书，前年我托西安林伯渠①老同志寄了一大堆给你们少年集团②，听说没有收到，真是可惜。现再酌检一点寄上③，大批的待后。

我的身体今年差些，自己不满意自己；读书也少，因为颇忙。你们情形如何？甚以为念。

毛泽东

一九四一年一月三十一日

【品读】

1930年，杨开慧被国民党杀害，当时毛岸英8岁，毛岸青7岁。杨开慧牺牲后，叔父毛泽民将他们安排在上海“大同幼稚园”。1932年3月，大同幼稚园解散，岸英和岸青被人领养。因为吃不饱穿不暖，还时常挨打受骂，他们离家出走，流落街头。1936年夏，中共上海地下党组织从一座破庙中找到流浪中的兄弟二人。随后，党组织委托张学良将军部下李杜将他们带到巴黎，并由中共中央驻共产国际代表派人护送到了莫

---

① 林伯渠（1886—1960），原名林祖涵，字伯渠，号邃园，湖南省安福（今临澧）人，早年加入同盟会，1921年加入中国共产党。中国共产党重要领导人之一，与董必武、徐特立、谢觉哉和吴玉章并称为中共五老。

② 指由中共党组织送到苏联学习的中国少年儿童，他们当中有许多是革命烈士的子女。

③ 毛泽东随信附了一张书单：“《精忠岳传》2、《官场现形》4、《子不语正续》3、《三国志》4、《高中外国史》3、《高中本国史》2、《中国经济地理》1、《大众哲学》1、《中国历史教程》1、《兰花梦奇传》1、《峨嵋剑侠传》4、《小五义》6、《续小五义》6、《聊斋志异》4、《水浒》4、《薛刚反唐》1、《儒林外史》2、《何典》1、《清史演义》2、《洪秀全》2、《侠义江湖》6”。

斯科。1937年11月，他们与父亲恢复了书信联系，此时毛泽东正在延安。在繁忙的工作之余，他时常惦念远在莫斯科的儿子，这是1941年他写给在伊万诺夫市上中学的两个儿子的信。

这封信饱含了革命领袖对子女的牵挂和喜爱。在信中，毛泽东对儿子的学习提出了要求和期望。他认为，年轻人记忆力好，精力充沛，应该多学些自然科学知识，将来用处无穷。而且，他还特别提到了年轻人对政治的态度，认为早年还是应多学科学知识，少谈政治。尤其是他关于学习内容与学习方法的精辟分析，对今天的青年人仍然具有重要的参考价值。更为难得的是，信中并没有那种居高临下的命令式口吻，而更多表现的是一种宽容与殷殷期待，还辅之以自身的读书经验，舐犊之情，溢于言表。

随信一起，毛泽东还给岸英、岸青和其他在莫斯科的革命子弟寄去了21种共60本书。其中中国古典与历史小说占了很大比重，还包括一些史地教科书与哲学著作。通过这份书单，我们可以看到，毛泽东希望岸英等人，身在苏联，应该更多了解中国的历史与文化，把马克思主义的基本原理、现代科技知识与中国国情相结合，将来在中国革命与建设事业中贡献自己的力量。

徐特立给徐乾的信

（1941 年 10 月 31 日）

乾儿：

四年前你还是一个落后的家庭妇女，而今成了一个共产党员，实出我意料之外。

希望你真能继承我的革命事业，我从现在你的行动看有很大的可能性。

我爱读《联共党史》，曾在长沙抄读一次，你是知道的。这书包括革命理论策略、组织原则和工作方法，你当随时阅读，把它当党的经典。

本书大共四百三十页，日读二页，二百一十五日即读完。我今年已六十五岁，有似风中之烛，不知能否眼见你读完此书，了解此书，且能实行书中的原则。如果能看得见的话，我虽无子①也还快慰。今日费边币②六元购买此书给你，希望你

---

① 徐特立只有两个儿子长大成人，即徐笃本和徐厚本。徐笃本 1927 年大革命失败时牺牲，徐厚本 1938 年在长沙病故。

② 边币，指陕甘宁边区银行发行的货币。

暂放弃其他读物，有计划地读完此书。

一九四一年十月三十一日

徐特立于科学院①

【品读】

徐乾是徐特立的幼子徐厚本的妻子。徐厚本1931年与徐乾结婚，1938年4月，徐特立将他们夫妻二人送到陕北公学短期学习，三个月后夫妻俩返回湖南工作。归途中，徐厚本不幸病逝。徐乾请求再去延安学习，徐特立答应了她的要求。徐特立把儿媳徐乾视作女儿一般，多方关心她的工作与生活。在延安时，徐特立每月只发5元边币的零用钱。他不吸烟不喝酒，生活俭朴。1941年，他用6元边币买了一部《联共（布）党史简明教程》送给儿媳，并在书的扉页上写了这封信，勉励儿媳努力学习。在党组织和公公的鼓励与帮助下，徐乾进步很快，并光荣地加入了中国共产党。

在这封信中，徐特立对儿媳政治上的进步表示赞许，鼓励她说："希望你真能继承我的革命事业，我从现在你的行动看，有很大的可能性。"表达了他对儿媳的殷切期望和浓浓关爱。徐特立对儿媳学习上的关心，不仅是长辈对晚辈的关爱，更突出地反映了老一辈革命家对青年一代能够尽快承担起革命重担的殷切希望，以及能够为祖国的独立与富强作出更大贡献的理想追求。

① 科学院，指延安自然科学院，1939年成立。他是中国共产党创办的第一所理工科大学。1940年底至1943年初，徐特立任延安自然科学院院长。

朱德给朱敏的信

(1943 年 10 月 28 日)

朱敏女儿：

我们身体都好。朱琦已在做事。高洁[①]还在科学院。兹送来今年上半年的像片两张。你在战争中应当一面服务，一面读书，脑力同体力都要同时并练为好。中日战争要比苏德战争更迟些结束。望你好好学习，将来回来作些建国事业为是。

朱德
康克清
1943，28/10 于延安

【品读】

朱德只有一个儿子和一个女儿，儿子叫朱琦，女儿叫朱敏。战争年代由于四处奔波，两个孩子都没有跟他在一起生活。1941 年朱敏进入苏联国际儿童院学习。苏德战争爆发后，国际儿童院所在地被德军攻占。1943 年 8 月，朱敏同国际儿

① 高洁，即贺高洁，朱敏的表姐。当时在延安自然科学院学习。

童院的部分儿童被纳粹德国送进法西斯集中营做苦工。由于未暴露身份，有幸活了下来。身在延安的朱德夫妇，并不知道女儿这段死里逃生的经历。因此这封信朱敏也没有收到。直到德国投降后，她于1945年重新回到苏联国际儿童院，才读到父母亲于1943年写来的这封信。

在给女儿的信中，他说，“你在战争中应当一面服务，一面读书，脑力同体力都要同时并练为好”，同时，要好好学习并“回来作些建国事业为是”，话虽不多，但字字千钧。一方面体现了对女儿的严格要求，另一方面也对其建设新中国寄予了厚望。

中国古代的教育理论十分强调言传身教。朱德可以称为此方面的典范。他一生勤奋学习，即使在最紧张、最艰苦的岁月里，也从不放松学习。在太行山里，他曾拿着一只小板凳，和大家一起坐在梨园中，听讲辩证唯物主义和历史唯物主义的课程。正是由于他的率先垂范，在家庭中，树立了一种注重学习的家风，培养了子女注重学习的好习惯。

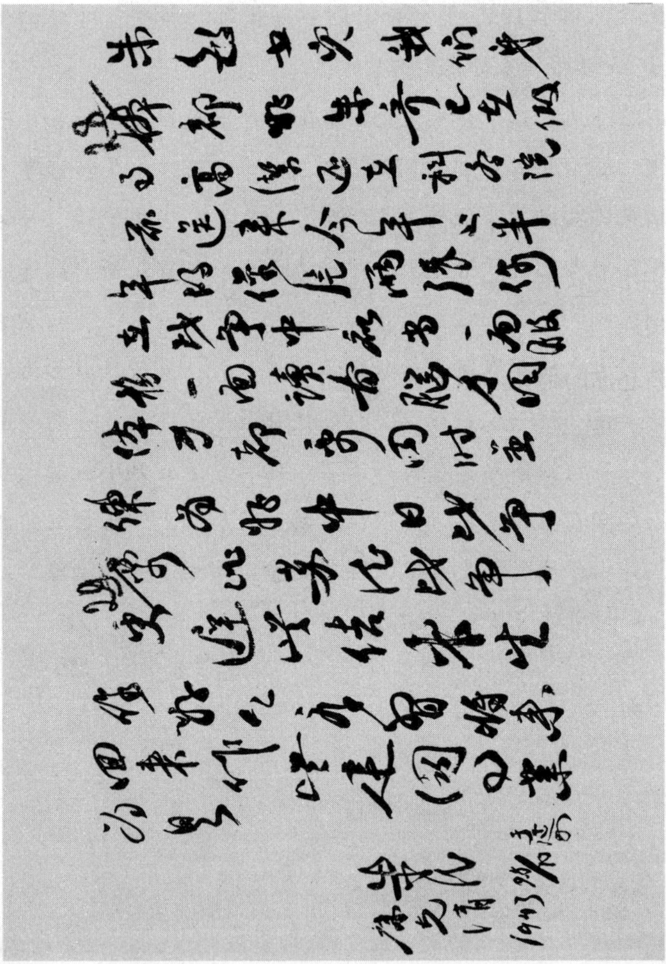

朱德给朱敏的信（1943年10月28日）

叶剑英给叶楚梅的信

（1946 年 12 月 6 日）

亲爱的梅儿：——爸爸有你而感觉骄傲。

鼓起你的劲儿，踏上你的长路。

这不是日暮途远呀！红日恰在东升。

阳光照着艰险的途程，比起黑夜里摸索，要便宜得万万千千。

急进吧！追上那先头出发的人们。

急进吧！再追上一程。

那里有广漠无边的地盘，等待着你们去开垦。

那里有大批优良的种子，等待着你们去拿回来散布，赶上春耕。

人民要翻身了，许多人已经翻了身。

敌人着慌了，不顾一切的起来作绝望的抗衡。

这是人类历史上最热闹的场面。

急进吧！再追上一程。

我们不是速胜论者。

欢迎你们能够赶上这一场翻天覆地的斗争。

我想你们没有一个是“坐享其成”的人。

你们是铁中铮铮。

爸爸

6. Ⅻ. 1946. 北平

【品读】

作为党和军队的重要领导人，叶剑英为人民的解放和建设事业付出了大量心血，但他并不因此不顾或放松对子女的教育。在叶剑英子女的印象中，他是一位和蔼可亲的长者，一位慈祥的老人。他疼爱自己的子女，关心着他们的成长和进步；他耐心教导，悉心教育，引导并鼓励自己的子女好好地为人民服务，做一个有益于人民的人。叶剑英常常通过书信督促教育自己的子女，为他们指明正确的人生道路。从叶剑英的家书中我们看出一位伟人的心迹，聆听到一个伟人的心声。

叶剑英的长女叶楚梅对父爱记忆犹新。她在追思父亲时，满怀深情地说是他老人家把自己引上了革命道路，使自己确立了为实现伟大的共产主义理想而奋斗的人生目标。1946 年，解放战争拉开了序幕。叶剑英亲自送女儿到部队，经受炮火的洗礼。不久，为新中国准备建设人才，组织上决定派她去苏联学习。叶剑英闻知后，亲切地写了一首长诗激励她，也即是这封信的内容。

这封信写于 1946 年 12 月 6 日，当时人民解放军屡挫蒋介石军队的重点进攻，胜利的捷报频传。叶剑英自然难以抑制内心的喜悦，他为女儿生逢盛世而欣慰，同时也在字里行间渗透着深切的期望和嘱托。父辈们历经艰难险阻，终于赢得了今天的大好局面，革命的胜利已经指日可待，作为年轻一代再也不必在黑暗里摸索，摆在他们面前的任务是怎样去建设，怎样去守成，在人类历史这广阔的舞台上扮演好自己的角色。因此叶剑英语重心长地告诉女儿，首先应该树立远大的人生目标，在前人开辟的大道上迅跑，循着先辈的足迹前行。他为女儿赶上了“人类历史上最热闹的场面”而高兴，但又告诫女儿，既不能做速胜论者，也不能做坐享其成的人。这里浸透着丰富的人生哲理，凝结着一个革命者长期的人生探索。这实际上是要求年轻人不要盲目乐观，盲目自信，而要靠自己的双手去建设属于自己的世界。年轻人不应该悲观失望，不应该老气横秋，而应该像东升的旭日，鼓起生命的风帆，在人生的道路上建功立业，完成先人未竟的事业。年轻人决不能自认年轻为一种资本，首先应该把年轻看做一种责任。正因为年轻，才有许多事情要去做；正因为年轻，才有许多艰难险阻要去克服；正因为年轻，才有光辉灿烂的前途等待自己去开拓。

因此年轻人应该投身到火热的生活中去，扎扎实实地去干一番事业。年轻，对老一辈人来说，是一种羡慕，而对年轻的一代来说，无疑是一种机会。这种机会是很容易失去的，“韶华在眼轻返遣，过后思量总可怜”。年轻人应该珍惜人生的黄金岁月，决不能浪费光阴，留下人生的遗憾和痛苦。“少年不努力，老大徒伤悲”乃是人生一大悲剧，是虚掷年华的人的哀怨。叶剑英正是以革命的乐观主义和英雄主义情怀去教育自己的子女，要求子女树立开拓进取的人生态度，勇敢地站出来，承受起历史与先辈赋予的重任。

任弼时给任远志的信

(1948 年 10 月 6 日)

远志儿：

你前后来信四次均收到。我们曾寄你一信，并附旧棉衣一套，你是否收到。据瑞华①阿姨说，你患泻肚病，不知已经好了没有。甚念！特着邵昌和②叔叔来看看你，望详细回信告我们。

你虽然没有插上二年级，这也不要紧，但绝不要因为许多功课已经学过就不用心了。以前对你说过，学习要靠自己努力，要善于掌握时间去学习。你们这辈学成后，主要是用在建设事业上，即是经济和文化的建设事业，需要大批干部去进行。建设事业就是要有科学知识。学好一个工程师或医生，必须先学好数学、物理、化学，此外要学通本国文并学会一些外国文，有了文字的基础，又便利你去学科学。外国文又以学俄文为最好，因为将来帮助中国建设的不是英美而是苏联，许多

---

① 瑞华，即张瑞华，聂荣臻的夫人。

② 邵昌和，当时是任弼时的警卫员。

建设事业必然要向苏联学习。但如果你们学校将来只有英文，那你只好随着也学习英文，如有英、俄两种文字，你可选学俄文。你说不会把已学的一点俄文忘记，那很好，寒暑假回家时还可以帮助你补学一些。将来进高中或专科大学时，会要以俄文为主修课的。

你妈的身体比你在家时要好些，有时有些头晕痛。我的身体最近又不甚好，因为开了一个时期的会，引起血压又高涨，现正由医生检查，可能要休息一时期，其他尚好，勿念。弟弟已经在本村上学，他读书还算用心有进步，身体也还算好。远征①妹前天到张阿姨②处打电话来说，身体很好，上月月考成绩平均是八十五分。

送来半磅毛线，你一定要自己打好两双毛袜，以备你自己冬天用。这里不比南方，也没有延安住窑洞那样温暖，要自己好好保重。

祝你努力学习。

你的爸妈
南、英③
十月六日

弟弟问你好。

外附来你所要的地图、字典及红蓝铅笔各一。又奶粉、白糖各两包，听说华明④也生病，奶粉白糖各分一包送给华明。

---

① 远征，即任远征，任弼时的女儿。
② 张阿姨，即张瑞华。
③ 南，即二南，任弼时的号。英，即陈琮英，任弼时的夫人。
④ 华明，即叶华明，叶挺的儿子。当时在晋绥解放区上中学。

【品读】

任弼时和陈琮英夫妇共生了九个子女，其中五个在革命战争年代夭折或失散了。长期的斗争环境，使任弼时夫妇无暇亲身照顾自己的子女，他们不得不把孩子寄养在别人家中。作为父母，他们又无时不在想念这些同革命共患难的孩子，一等到局势稍有稳定，便设法把幸存的子女接到自己的身边。

任弼时对自己孩子的感情是十分深沉的。女儿苏明死在为营救父亲出狱的途中。当时任弼时不幸被捕，组织上安排陈琮英前去营救，在去长沙的途中，小苏明因受风寒患肺炎而死去。对此任弼时曾满怀深情地说：“她也是为营救我，为革命献身的呀！”女儿任远志也有过牢狱经历，她在出生三个多月时就同母亲一起坐牢。一次，敌人在审讯陈琮英时，远志的啼哭搅得他们难于安宁，便草草结束了审讯。任弼时知道了这件事便笑着说：“孩子也参加了和敌人的斗争呀！”1933年任弼时的长子湘赣出生，因当时的环境恶劣，任弼时夫妇便把他托付给苏区老乡抚养。全国解放后，任弼时夫妇专门去寻找过，但没有找到，为此陈琮英很难过，任弼时心里也不好受，但他还是安慰妻子，“不要难过了，为了新中国，我们失去了多少同志，多少亲人！”

任弼时对自己的子女要求是相当严格的。1947年国民党向延安发动进攻，党中央撤离延安，当时任弼时的女儿远志和远征年龄较小，随学校行军有困难，组织上打算让她们跟随陈琮英同志，但是任弼时夫妇不同意，坚持让自己的孩子经风雨，见世面，经受锻炼。任弼时曾把这两个女儿送回老家农村，让她们体验贫苦人的生活，从小懂得劳动人民的艰辛，培养朴素的阶级感情。在生活上对子女也是严格要求，任弼时夫妇总是把自己的衣服改制一下给孩子们穿，为使穿戴的年限长一点，衣服总是改得又大又长。孩子从学校回到家里，任弼时要求他们去食堂吃饭，且不能搞特殊化。任弼时正是从日常生活的小事中时刻注意对自己的子女的教育和培养，使自己的子女将来能够成为一个高尚的人，对人民有用的人。

在这封信中我们看到，作为新中国的主要开创者之一，任弼时在解放战争即将胜利、全国政权即将建立的前夕，就已经明确意识到未来建设国家的任务很繁重，意识到学习科学知识对于经济、文化建设的重要性。他认为，青年时代是学习知识的最好时光，如果青年人能够得到良好的培养与教育，国家的未来将拥有牢固的根基。他极为重视科学文化知识的作用。在信中，他不仅对女儿强调了学习的重要性，而且对于具体的学习科目与学习方法也提出了很精辟的见解。他将对子女的教育，置于整个中国革命和建设的事业中，体现了一代伟人的宽广胸怀和远见卓识。他对于学习的理论和见解，对我们今天的青年人以及年轻的父母起到了很好的指导作用。

叶剑英给叶楚梅的信

(1949 年 5 月 27 日)

亲爱的梅儿：

收到你最近的信，是一九四九年四月二十一日的。知道你养病已经恢复了健康，增加了体重一公斤，也增加了血，又在继续着你们的学习，我很高兴！

女儿：爸爸很对不起你，你来很多信，都没有答复。我知道远处在遥远的虽然是很自由的国家里，由于言语、习惯，等等，自然要增加一些对祖国的怀念，何况祖国的人民，正在以千万倍的信心和勇气，来打断快要挣断的锁链的时候，不断的胜利的狂风，吹到了远远的西方的时候，你们的心情，爸爸是很知道的。女儿！让爸爸们，把新民主的地基，铲得平平的，让你们后一代，加快把我们的祖国，建筑起一座自由、快乐、文明、进步、庄严、华丽的世界。你们不能逃避这一责任，你们必须完成你们这一代的责任。因此，当着你们还在学习时期，就应该全心全意地为建设我们完全新的中国而努力！

女儿：我考虑过，也和哥哥①商量过，主张你学农业。因为现在才开始学医，时间太长，恐学不好。不过这仅仅是提供参考的意见而已。不过我另一种想法，不管学哪一门科学，首先要把俄文学个精通，那么，虽然在学校里没有学得很完全，出校以后，仍可自己继续研究的。

我在北平学习市政，跳下水去学泅水，时间还很短，学得还不多，我拟努力的学习下去。这也是一件不很容易的科学。

我写这封信时，正值刘宁一②同志等快要出国，拿护照来签字的时候，匆匆写一封信，托宁一同志带给你。此时妞妞上学未回来，因此，你的妹妹就没有写信给你了。下次再给你寄信。祝你

健康、进步！

你的爸爸

27./V.1949. 北平

【品读】

1948年，在苏联学习的叶楚梅由于肺结核病，不得不住进医院。同学们不时到医院探望她，她就借同学的听课笔记，将老师课堂讲解的内容全部抄下来，在医院里自学，并坚持参加了考试。1949年4月21日，她将自己病情好转并已出院返校的情况写信告知父亲。时任北平市军事管制委员会主任兼北

① 哥哥，指叶楚梅的哥哥叶选平。

② 刘宁一，当时任中华全国总工会副主席，准备率中国工会代表团经莫斯科去意大利，出席在米兰举行的世界工会联合会第二次代表大会。

平市市长的叶剑英，收到女儿的来信后，很感欣慰。当时北平和平解放不久，百废待举，叶剑英正忙于领导北平的接管与建设，直到5月27日，他才挤时间给女儿写了这封回信，委托刘宁一顺路将信带给女儿。

在这封信中，叶剑英以质朴、温情的语言，诉说着父亲对女儿生活与学习的关爱与惦念。他在信中说，自己这一辈人要为后代把新民主的地基铲得平平的，同时又要求女儿及整个下一代人，要努力学习，把祖国建设成为自由、快乐、文明、进步、庄严、华丽的世界。他说："你们不能逃避这一责任，你们必须完成你们这一代的责任。"他的信充满了对女儿学成归来，为国家建设作贡献的殷殷期待。

叶剑英在信中所说的"我在北平学习市政，跳下水去学泅水"，是确有所指的。1949年3月底，北平的接管工作结束，市政建设成为叶剑英市长面临的新问题。为了迅速恢复和发展北平市的生产，他同市委、市政府其他领导人遵照党的"公私兼顾、劳资两利、城乡互助、内外交流"的"四面八方"政策，认真研究经济建设和生产问题，循序渐进地开展了各项工作。

虽然工作繁忙，但叶剑英仍时刻关心女儿的成长。他的长子叶选平1941年1月在延安自然科学院机械系毕业，已参加工作，积累了一些工作经验。父子俩经过商量后一致认为：新中国刚刚成立，急需建设人才，农业知识易学、易精。而医学不易学，且学习时间较长，因此，楚梅学农业比较合适。当然，他没有任何强迫的意思，在信中，他特别强调，自己"仅仅是提供参考的意见而已”。

父亲的信温暖了在异国他乡生活的楚梅，给她增添了无穷的力量。由于住院耽误了课程，她把学习当成一场硬仗来打，学习十分艰苦。紧张的学习，使她的病反复发作了多次，但她没有放弃努力，父亲也没有因此而放松对女儿的要求。相反，随着中国建设的需要，他还不断地给女儿以新的鼓励与鞭策，表现了一个革命家的亲子情怀，给后人留下了宝贵的精神财富。

董必武给董良埙的信

(1949 年 7 月 17 日)

良埙侄：

来信阅悉！献之、良润、良焱[1]等都有信来。因事忙，前日才复了献之信，他去汉故寄至他的女婿王佑章家转交。良润信未复。昨日复了良焱一信，信中略谈了一点革命的道理，并要他看了后再给你也看看。家中诸人生活状况，他们信中都有叙述，大家都很艰难。为把生活艰难看成一个较普遍的现象，而不是我家独有或特有的现象，我们就用革命的方法来解决这类的问题。革命胜利以后不是别的，就是把帝国主义、封建主义、官僚资本主义的特权打倒，中国人民在发展生产的基础上(在帝国主义、封建主义、官僚资本主义特权统治下生产是无法发展的)，较易取得谋生的机会。良焱来信想到武汉行政界去工作，我却劝他好好在乡村办小学，把小学办得适合于当地农民的需要，过去没有可能，现在大有可能。过去当小学教师

---

① 献之，即董献之，董必武的堂弟；良润，即董良润，董必武的侄女；良焱，即董良焱，董必武的堂侄。

只是为了饭碗或首先是为了饭碗，现在当小学教师首先是为人民服务，也因而解决着个人的生活问题。我们社会上有一种很陈腐的甚至很坏的旧观念就是鄙视劳动，认为不劳动而能生活、生活得比劳动者还好才算享福。革命了，必须纠正过来，我们应该以劳动生活为光荣，不劳动除了疾病老弱不胜者外，就不得食。现在还做不到，逐渐是要这样做的。从革命队伍里面来工作的一般还是供给制①，做行政工作也是一样，做行政工作并不是作官。这些革命的观点要有较长期的熏陶才能培养出来。你看了这信也可以转给良焱看，两信互相补充，你们容易明了一点。

承你母亲、各婶母和你们弟兄的好意，希望我和妻、小孩们回家来看一下，短时期内怕没有这个可能，我负有地方政府工作责任，交通又不便利。只好把我们的像片共三张寄回来你们看一下吧！我去年病过几次，今年很好。你婶母生了三个小孩，产后没有休养，身体很差了。小孩们都好，大、二都在初小读书，小的在家中。

你母亲和各婶母都好！你们都好！良篪②很早有一信自信阳寄来，说他已失业，我复了一信，并说有人去找他，以后就无消息了。你既失业，我写一信，你如果找得到川资，就到武汉去找一下李主席③，请他派个你能做的事，你必须注意那只

① 供给制，是革命战争时期和建国初期，对党政工作人员和军队指挥员，按照大体平均的原则，直接供给最基本生活资料的一种分配制度。1955 年，供给制改为工资制。

② 良篪，即董良篪，董必武的堂侄。

③ 李主席，指李先念。当时任湖北省人民政府主席。

能有饭吃。顺问
近好!

必武
七月十七日

【品读】

1949年春夏，人民解放军相继解放了南京、上海、武汉、杭州、南昌及西安等地，解放战争取得了决定性胜利。在这种形势下，时任华北人民政府主席的董必武收到家乡人民写来的贺信，一些家乡人也提出了要他帮助安排工作或调动的要求。这是董必武在接到侄子董良埙请求安排工作的信后，于7月17日写的回信。

当1948年董必武担任华北人民政府主席后，家乡的亲友都认为，他已经当了大官，肯定是享福了。董必武在这封信中告诉他们："从革命队伍里面来工作的一般还是供给制"，并不是亲友想象中的"享福"。对亲友们信中提出的生活艰难的情况，他从社会现实出发，客观而理智地告诉他们：在现实情况下，生活艰难是一个普遍的现象，"而不是我家独有或特有的现象"，并且共产党人是"用革命的方法来解决这类的问题"。对于社会上存在的不劳而获的陈腐观念，他提出了严肃的批评，教育侄子"应该以劳动生活为光荣"。因此，他鼓励堂侄董良焱好好在家乡办小学，为人民服务。

董良埙读过伯父的这封信后，到湖北省军区后勤部所属的群勤油米厂找了份工作。油米厂实行供给制，直接由政府供给最基本的生活资料，没有工资。

后来，董必武的一个侄女要求他介绍进北京的某学院上学，有的亲戚请求他批给供销物资，有的老朋友的亲属提出帮助将其从边疆调回内地等等。对于这些要求，董必武一概拒绝，并耐心教育他们说：“革命不是做官”。他说：“我受党的委托，人民的信任，参加国家领导，是各项政策制定的参加者，也是维护者，决不能滥用职权。”

林伯渠给林秉琪的信

(1949 年 7 月 30 日)

秉琪：

接你来信及特特①此次回来，知你们工作情形及学习生活，我都同意。你们能以自己的努力培养成为无产阶级为劳动人民服务思想是好的。现在中国人民解放的全国胜利即将到来，届时须有全面的经济文化建设，你们将回来参加此一工作的。

伯渠

一九四九年七月卅日于北平

【品读】

作为“延安五老”之一，林伯渠在党内有着较高声望。然而，对于自己的子女，林伯渠早在旧民主主义革命时期就注意严格教育。作为共产党人，他更从新的角度对待这个问题。在他的带动和影响下，他的子女和后人许多都参加了革命。延安

① 特特，即李特特，李富春的女儿。当时在莫斯科农学院读书。

时期他的女儿、儿子、侄子、侄女及其他亲属多人在各单位学习、工作。

林伯渠首先注意的就是培养他们艰苦朴素的生活作风，杜绝特殊化的苗头，要求他们建立“革命观点、劳动观点、群众观点”。在当时延安艰苦的条件下，领导干部在待遇上和其他人的差别是有限的，主要表现在伙食上。林伯渠只要发现从家乡来的子侄亲属在这个问题上搞了特殊化，就会立即关照秘书、警卫员，不让他们违反制度。不仅年龄较长的子侄辈过着和一般青年学生同样的生活，就连他身边最小的孩子也是如此。

为了防止子女有高人一头的想法，林伯渠要求他们到基层去经受实际工作的锻炼。1946 年秋，他有一个女儿从国外学习回来。见到分别多年的孩子，林伯渠首先是教育她树立为人民服务的思想，接着替她报了名，让她参加阻击胡宗南进攻延安的斗争。后来，组织上决定让他的这个孩子去东北工作。林伯渠立即表示赞同，并对她说：“多年不在一起，本想让你在身边的。但是，要服从组织的决定。”他一再叮咛：去东北后，千万不可忘记，一定要下农村，参加土改，一定要争取在基层锻炼的机会。他说：“只有经过这种群众斗争的锻炼，才能逐步了解我们的国家、我们的党，才能真正为党工作。”

全国解放后，林伯渠对子女的要求依然很严。尽管孩子们的年纪不小了，但每次见面，林伯渠总是一连几小时地对他们讲马列主义的道理。为了杜绝孩子们“自来红”的优越感，林伯渠常对子女讲，“我们虽是革命家庭，但毕竟不是劳动人民出身。这点要记住”。为此，他的孩子们在填写履历表时，都按本人参加革命队伍前的生活来源填写自己的家庭出身。

这封信是写给女儿林秉琪的，当时她在苏联广播电台做翻译工作。林伯渠首先要求女儿在思想观念上转变认识，要形成“无产阶级为劳动人民服务”的思想，同时与很多老一辈革命家一样，他也预感到新中国的建设需要大批的人才，希望自己的女儿能够投身到伟大的建国事业当中去。

谢觉哉给谢子谷、谢冰茹的信

（1952 年 1 月 1 日）

子谷、冰茹：

接你俩信，颇使我安心。

人总要有上进心，从困难中打开局面，也必然可以打开局面。不自己努力，依靠人，这样的办法，现已吃不开了。

子谷坚持办学校“不向困难低头”，是很好的。看你的前后信，以前的困难，过去了；现在是新的困难，进步中的困难，可以克服，且克服一次，必然有新的局面，你的人生观也会跟着进步。

改造思想，不容易也容易。所谓容易，现已有很多便利环境和便利条件，国际、国内、城市、农村的形势，天天在前进，要求我们改造，也不容许我们不改造。所谓不容易，小资产阶级的知识分子，要和工农劳动人民打成一片，建立不为个人而全心全意为人民服务的观点，是要脱去一层壳的，脱壳必然有一阵痛。如果怕痛，下不了决心，那就要堕落；但如经过这阵痛，以后的心情就会新生，就会愉快。

友仁学生这么多，每个老师平均要教二十多人，而且教材教法全是新的，要天天学，天天想。估计大家都很忙，不要嫌忙，只有忙中得到的安慰，工作进步的安慰，才是真安慰。

来信说“团结还不十分好”，不十分好，也许有了九分好，或还不及九分，这要很注意。学校里应该教员团结一致，然后师生才能团结一致，然后学校与社会才能团结一致。要教员团结一致，必须在大家求进步上，在共同把教育搞好上，还须在互相照顾、帮助、规劝、而又互相原谅上才有可能。你们早晚都学习马列主义和毛泽东思想，是好的，但应顾到学习时间过多，妨及业务，或感到疲劳。又说：理论的认识，远超过行动，联不上实际。上句颇费解。毛主席说：实践，认识；再实践，再认识。不会有认识超过行动的事。而应该说：有些同志读了马列主义和《毛泽东选集》里一些名词和道理，却联不到实际或用不到实际中去。那倒不要性急，实际会逼上来了，自己到实际去体验一回就会知道。记得前年我劝你专心办学，后又劝你不要怕困难，你接受了，经过两年的实践，你应已大体体会，改变了当时的观点。此事如此，其他事亦然；我如此，别人定也一样。

兼式南学校校长，应在这样的条件下：一、你的办学作风，能贯彻到那里去；二、那里有得力的副校长。否则你的屁股是坐在友仁一边，而对那边又要负责任，是有点难办。

关淑①能念书，进步快，值得称赞。利他②回家种地，早

① 关淑，即何关淑，谢觉哉的儿媳。
② 利他，即谢利他，谢觉哉的孙子。

就该如此。我因忙，不知道他的功课如何，似乎务农是于他有益。

听放[①]儿说：你学校的俸米可够吃了，你又在县人代会当常务委员，须常去否?

冰茹信，不那样悲观了，很好！冰茹还只三十三岁，如能思想搞通，有点文化，又能掌握技术，那自有她的前途。现在不许做寿，做寿是无谓的花费，生日一年一度，无可度的理，北京已没有做寿的。

廉伯[②]久未来信，谅还可以过下去吧！

我相当忙，年又老了，偶染点病，恢复较难。但在老人中，我还不是衰弱的。私人的信，很少写。你们如有学习上困难问题，经过考虑还得不到解决的，如来问我，可能给你们答复。

望你们好。

觉哉

一九五二．一．一

【品读】

谢觉哉是我党老一辈的革命家，他始终把自己看成是人民的公仆、普通党员，对党从没有什么特殊要求，对子女、亲属要求也相当严格。他深知千年的封建特权思想，会影响到对下一代的培养，因此经常对子女们说：“我是共产党人，你们是

① 放，即谢放，谢觉哉的儿子。

② 廉伯，即谢廉伯，谢觉哉的儿子。

共产党人的子女，不许有特权思想。”

他不仅这样说，而且是这样做的。建国初期，他担任内务部部长时，一些在湖南老家务农的子女、亲属思想开始活动起来，想借着他的地位，到北京来找个工作。谢觉哉给孩子们写信说：“离别多年，子女想看自己的父亲，父亲也很想看看自己的孩子，这是人之常情。”但他劝孩子们不要急着马上就来，因为“刻下你们很穷，北方是荒年，饿死人，你们筹路费不易，到这里，我又要替你们搞住的吃的，也是件麻烦事。如你们还没起身，可以等一下，等到今年秋收后，估计那时候光景会好一些。到那时来看我，是一样的。便车是没有的，因为任何人坐车，都要买票”。

在对儿孙们的职业选择上，谢觉哉特别强调他们去从事那些既平凡又伟大的职业。他多次给住在农村的儿孙们写信，希望他们安心在农村工作。1961 年 1 月，他在给儿子们的一封信中说：“劳动力正在向农村返还，据说去年有二千万劳动力还乡了，今年还要回去一些……不管怎样，农业是基础，农村是老家，总得向那里去，将来也会想到那里去。你们的儿子暂时有的下放乡村劳动，将来还要退伍，就是学了技术的，也多数要用之于农业。”在谢觉哉看来，农业是其他各行各业的基础，没有农业，别的也就无从谈起。因此他不仅叮嘱自己的孩子们要安心在农村工作，而且告诫那些在农村中小学从事教育工作的儿孙们，教育他们“要鼓励中小学毕业没有升学的学生从事农业劳动，他们有相当文化程度，在发展农业上很用得着他们，要打破他们读了书就不想作田的传统习气”。

除了农业之外，谢觉哉对教育工作也极其重视，积极支持自己的孩子们从事这一类工作。谢觉哉的儿子建国初在湖南宁乡友仁中学任校长。这封信即是谢觉哉写信鼓励自己的儿子谢子谷好好办学的。他首先肯定儿子的办学举动，“子谷坚持办学校‘不向困难低头’，是很好的”。继而认为，在办学的过程中应该注意思想改造，因为“小资产阶级的知识分子，要和工农劳动人民打成一片，建立不为个人而全心全意为人民服务的观点，是要脱去一层壳的”，另外要团结多数同志，共同把教育搞好。最后，还要不畏困难，在实践中去丰富自己对理论尤其是革命理论的认识。谢老的话平实而耐读，极富哲理，给我们深刻的启迪。他也关心着自己其他子女的生活状况，体现出深沉的父爱。正是在谢觉哉这样严肃而又认真的帮助教育下，他的孩子个个都在一些平凡的工作岗位上做出了自己的成绩，受到人们的赞扬。

董必武给董良俊的信

(1952 年 5 月 13 日)

良俊侄：

你在旧历三月十八日给我和良灏①的信早收到了。我把你这封努力生产的信，要良泽②、良灏、良羽③和良翚④都看过，三婶母⑤也看了，他们都认为你对农业生产很认真，种麦种菜，养鸡养鸭，拾粪挖草，施肥播种都有成绩，都很称赞你。特别是你愿意自己劳动，辞谢人民政府对你家拨工优待，这是新的好的表现。人民革命的胜利，就是要使劳动人民不受剥削，能享受自己劳动的果实。土地改革使农民从地主的剥削制度下解放出来，不再出地租，而获得自由处理自己在分得的土地上劳动所得的果实。土地关系完全改变了，农民的生活，特别是无地少地的农民生活可以改好些，但农民还不能完全免除

---

① 良灏，即董良灏，董必武的侄子。
② 良泽，即董良泽，董必武的侄女。
③ 良羽，即董良羽，董必武的儿子。
④ 良翚，即董良翚，董必武的女儿。
⑤ 三婶母，即何连芝，董必武的夫人。

剥削（资本主义的剥削）和脱离贫困。农民要想完全免除剥削和脱离贫困，只有和工人一道奋斗，建立社会主义制度后才有可能。世界上有苏联的农民在三十几年前已建立起这样的生活，第二次世界大战后，东欧许多国家的农民建立着这样的生活，我国的农民也将要建立这样的生活。我们工人农民在新民主主义制度下劳动得愈好，过渡到社会主义就愈顺利。在人民革命胜利开始，有些人还想不劳而食，甚至不劳的人想比劳动的人享受得更好些，这是大错而特错的想法。劳动是光荣的，劳动人民享受自己劳动的果实是应当的。我们大家称赞你愿意自己劳动，不受别人的帮工就是这个意思。虽然你家收获的粮食还不够你一家人吃，生活还苦一点，但你只要努力增产，你家大大小小男男女女都努力增产，生活可能逐渐改好的。

照你信中所说的情形看，你今年是单干，顶好做到单位面积增产，即每块田地生产的东西比前多收得一些，这比以前好些。但要更好些，就必须和愿意劳动的人组织起来成为农业劳动互助组。前要良灏寄给你看的一本小册子（李顺达①），李顺达成为劳动模范，不仅是他个人单干得好，而且是组织互助组，引导其他的农民也干得好。《人民日报》上载有川底村农业生产合作社的调查，这篇文章很长，里面有合作社社员与互助组员和单干户收入的比较，互助组的组员收入比单干户的收入多些，合作社社员的收入又比互助组员的收入多些。这事例

① 李顺达，著名的全国农业劳动模范。1943年春，他在山西省平顺县西沟村带头办起互助组，任组长。1951年在西沟互助组的基础上成立初级合作社，任社长。

指明农民的出路只有组织农业生产合作社。我这里不是要你马上去组织农业生产合作社，而只是介绍和说明中国现在农村中生产组织有这种形式，这种形式又比互助组进了一步而已。你自己考虑一下，在你村子里的或附近村子里的农民有否组织劳动互助组的可能，如果彼此都愿意，彼此家里的人都愿意，你们在乡人民政府领导下，可以试一下劳动互助组的组织，彼此不愿意，彼此家里有人不愿意，千万不要勉强干。

我在报上看了几件事，对于你们住在农村劳动的人我觉得很有教育意义，我留下来寄给你们看。有两个是农村小学的模范教师，有一位是从抗美援朝前线负伤回家耕田又成为农村的劳动模范。你们看了后可转给周胜塆王述周①看看。王述周是一个想不劳动或少劳动而享受较好的人，使他看看这些不怕辛苦创造自己新生活的事例，对他可能有点帮助。我已开始恢复部分工作，但你婶母还在医院治病。其余的人都好。

你母亲好！

你家中人都好！

必武

五月十三日

【品读】

董良俊是董必武的侄子，一直在董必武的家乡黄安务农。建国初，董必武站在毛主席身边参加开国典礼的照片在其家乡疯传，人们为黄安出了个开国元勋而奔走相告。

---

① 王述周，董必武的远亲。

当然，最兴奋最激动的要属董家了。十磨九难，牵肠挂肚几十年，不容易啊！大革命失败后，国民党悬赏捉拿“共产党首领董必武”的告示贴得到处都是；警察、乡丁如狼似虎，四处搜捕董必武的家人。这一大家子人，一边为董必武的安危悬心，一边四处逃散，隐姓埋名。可怜七婶躲藏不及，惨遭杀害。从那以后，董必武的音讯全无。家人听说有关他的信儿，真真假假，十个信儿倒有八个是凶的。一家人面对孤灯念叨过多少回，流过多少泪啊！如今苦难的日子总算有了尽头了，三爹不只健在，还在天安门城楼上同毛主席站一起呢！这怎能不叫全家人高兴？

这时，也有些人在良俊身边嘀咕：“你三爹出生入死打下江山，坐了天下，也是有功之臣了，该请你三爹在外给你们谋个差使，他断不会不应许的。”“良俊哪，苦日子熬过了，该享点福啊！还不快给你三爹写封信，让他安排几个人出去，找个好点工作，我看准没问题。”……

董良俊觉得自己文化低，还是留在家乡，可哥哥是个有文化的人，该让三爹给他谋个营生，免得他在家中受苦。全国刚解放，像黄安这样的偏僻乡镇，群众的日子确实还比较苦。于是董良俊给三爹写了封信，信中报告了家乡解放的喜讯和听到开国大典消息后乡亲们的欢乐，问候了三爹的身体，也把家庭生活困难和哥哥良焱有文化，不想在农村生产和教书的事如实说了，要三爹在城中为良焱谋个差使。他觉得凭三爹那么大的领导，给哥哥谋个事做还有什么难的，三爹肯定会答应的。

然而结果却大出董良俊意料之外。他连续收到三爹的两封回信，指出他思想认识上的问题以及建国初期百废待举，一切事宜应当秉公办理。董必武教导他们应该尽自己的本分在农村好好做好本职工作，不要有特权思想和优越感，还给他们讲了很多道理。三爹的话让董良俊颇感羞愧，他抛弃了原来的想法，认真从事农业生产并取得了可喜的成绩。1952 年 4 月，他给董必武去信，汇报自己几年来在家乡从事农业生产的成果，谈了自己的认识。不久，董必武回信对此表示赞赏。同时董必武还特别强调劳动光荣的观念，要求董良俊向先进典型看齐，同时最好能够带头组织劳动互助组，当然是在自愿的前提下。董必武还很细心地将全国各地农村的先进经验给予侄们分享，推动他们在思想上提高、行动上进步。这些无不体现出老一辈革命家的眼光与胸怀，对我们现在仍有一定的借鉴作用。

刘少奇给刘允若的信

（1956年1月21日）

亲爱的允若：

你一月三日的来信收到。因为你有几个月没有来信，我对你的情况是有一些挂念的，接到你这封信，了解你的问题基本上还没有解决。

你的要求是要转学或者转系。你到底想学什么？你想干那一行？你应当直接提出你的要求，同我讨论，同组织上讨论，而不要绕弯子，不要找什么藉口（例如说，不是不愿意学下去，而是同这一班人处不好）。

关于你学什么的问题，在你出国以前，我曾经同你讨论过。我说，不管你将来干什么，我劝你学一门专业，因为学一门专业知识，对于你将来不论干什么工作都有好处，如果别的工作不能干，可以干自己的专业，而如果没有一门专业知识，则可能不论什么工作都难于干好。你现在学完（只要五年）你的专业，不独不会妨害你将来干别的工作，相反，只会有帮助。例如，孙中山原来是学医的，并不妨害他后来成为伟大的政治家；鲁迅原来也是学医的，并不妨害他后来成为伟大的文学家；毛主席原来是学教育的，并不妨害他成为我们党的领袖；其他这样的例子还很多。如果你是有创造才能的，你现在学完你的专业，难道会妨害你将来去干别的什么吗？不会的，只会有帮助，不会有妨害，正如孙中山、鲁迅学医，毛主席学教育，不会妨害，只会帮助他们后来成为政治家、文学家和党的领袖一样。作一个政治家或文学家，不只是需要一门专业知识，而且要有各方面的知识，要有创造性的天才。对于一切有天才的人，不管他学的是什么专业，谁也不会禁止他将来成为文学家、政治家，或者成为党和国家的领袖，而如果没有这样的天才，如果不能取得党和人民的拥护，那是任何人也不能强求的。你说你将来去当教员，那末，学好你的专业，不会妨害你去当教员，只会使你当一个更好的教员。

你在中学的时候，是闹过转学的，结果，你失败了，你还是回到了原来的学校。现在你又闹着转学，我看，你的理由是不充足的，你转学别的学科，不见得对你一定会有很多好处。但你还是可以直接提出你的要求，组织上当会考虑尽量满足你的要求。如果你要学文科的话，那末，就不必在苏联学习，回中国来学习会更好一些。

在你的来信中还表现了一种悲观的情绪，表现了一种错误的悲观的人生观。这是很不好的。青年人不应该有这种情绪。生一点病，是会好的，不应该影响情绪。你所表现的这种情绪，必须力求转变，必须对一切抱乐观的态度，否则，对于你是危险的。

你在国内的时候，不多谈话，暴露你的思想问题也不多，因此，我也无法在思想上帮助你。你到苏联以后，却写了不少的信给我，因而也就暴露了你不少的思想问题，这就很好，就有可能使我针对你的这些思想问题来帮助你一下。所以我写了好几封长信给你，并把这些信转给了大使馆党的组织，使党的组织也有可能来帮助你。对你的这种帮助表现为对你的错误思想的批评，而你是不大欢迎这种批评的，以为这种批评是说你的短，或者说是在“骂”你。这是不对的。不能把诚恳的恰如其分地指出你某种错误的批评同“骂人”混淆起来。骂人是对人的一种恶意的攻击，也不怎样讲究实事求是，这种毛病，我倒常见你犯过。同志式的善意的批评，则是对人的一种最好的帮助。所谓良药苦口利于病，忠言逆耳利于行，就是讲的这种批评。这是必须欢迎，而不应当拒绝的。接受这种批评，改正错误，也并不丧失什么“面子”，相反，凡是自爱的有自尊心的人，都应当欢迎这样批评。不要把正当的自尊心同保存一种虚假面子混淆起来，以为接受同志们的批评，改正错误，就丧失了自尊心。你说你已经习惯于领受这种批评，这很好。每一个人都应该习惯于虚心领受同志们的批评。这就是中国古人所说的“闻过则喜”的态度，是很好的。但不要厚着面皮，表示一种沉默的拒绝态度，或者丧失自己正当的自尊心。

你写来这封信，当然又暴露了你的一些思想问题，这很好。既然有了问题，向我，向同志们说出来，总比不说要好。因为不说，不等于没有问题，问题还是存在的；说出来，你的同志，你的亲属，才好帮助你。你说，你在写这封信以前，

"仍然犹豫要不要写这些"，你"感到写这些没有用"。你写这些，不是没有用，而是很有用。我欢迎你写这样信给我，就是说，欢迎你爽直地、无隐讳地把你思想上的问题告诉我。然后，我就可以告诉你，哪些你是对的，哪些你是不对的，从而就可以鼓励你对的方面，增加你的信心。警惕你不对的方面，获得及时的纠正。

你说，你在不久以后可能在大使馆看到你这封信。你的估计是对的。你不要反对我在有必要的时候把你的信转交你那里的党的组织，从而不只是我，而且有你那里的党的组织也了解你的思想情况，以便更好地处理你的问题，帮助和教育你。以前我曾这样作过，以后，有必要的时候我还要这样作。这对你只会有好处。你必须了解，每一个人都不应当躲避党和人民的监督，而应当主动地把自己的思想、言论和行动放在党和人民的监督之下。

总之，你近来所表现的思想问题是严重的，你的主要问题还没有解决，你应该向大使馆党的组织请求解决你的问题。解决办法，第一是你在思想上想通，继续学习你现在学的专业，认真地愉快地学下去，学好回来，这样是好的；第二，请求转学或者转系，如果大使馆党的组织批准你转，我是不反对的；第三，如果转学转系不可能，你又实在不愿学你现在学的专业，那你应当考虑是否请求退学，及早回国。你应当就以上三个办法及早下决心，不要再犹豫不决了。

这封信你送给允斌[1]看看，并同允斌商量，迅速决定你的问题。

你告诉允斌，我同意他继续实习，一直学好回来。我不反对曼娜[2]也参加实习。曼娜来中国的问题，如果已经决定，就不必再改变了。

祝你健康、愉快！

刘少奇

【品读】

新中国成立的最初几年，百废待举，国家为了加速经济建设，培养建设人才，曾先后向苏联等国派出了大批留学生。这些人都是根据国家规定的条件，经过严格挑选派出的。他们满怀着建设伟大祖国的崇高理想，肩负着人民的期望，出国留学，刻苦钻研专业知识。但也有少数学生出国后，在学习、生活和其他方面出现了某些问题。反映比较突出的，有刘少奇的儿子刘允若。

刘允若是刘少奇的第二个儿子，出生在上海。4 岁时，刘少奇去中央苏区工作，他跟着坚持党的地下工作的母亲在上海生活。后因母亲被捕牺牲，他被人送到一个贫苦农民家里作养子。十二三岁时他回到上海当学徒，卖过报纸，受过很多苦；15 岁由党组织找到，送往延安，进学校学习。他天资聪明、

① 允斌，即刘允斌，刘少奇的儿子，当时在苏联读书，后回国工作。

② 曼娜，即曼娜·费多托娃，苏联人。1950 年同刘允斌结婚，1960 年后离婚。

爱好文学，学习上进步很快。解放后，他被选派去苏联留学。当时组织上根据国家建设需要，分配他到工学院学飞机无线电仪表专业。开始，他学习并不差，成绩多数五分。可是，过了一个时期，他感到所学的专业与自己的兴趣不一致，学习热情逐渐减退，与同学们的关系也搞得不够融洽。于是，他便闹着留级和转系，以达到改学另外的专业和不再与那些同学打交道的目的。当时，驻苏联大使馆留学生管理处的同志觉得刘允若还年轻，想问题比较简单，有缺点是难免的，通过做细致的思想政治工作，他会改变过来的。同时，考虑到刘少奇国事繁忙，也没有把刘允若的问题告诉他。

但在一段时间内，刘允若仍然坚持个人意见，要求转学转系，改学文学或新闻专业，并接连给父亲写信，申诉他的“理由”，希望得到父亲的同情和支持，替他说几句话。做父母的人，谁都关心子女的前途。刘少奇也不例外，他对刘允若的问题极为重视。可是他并没有赞同儿子的观点，也没有给儿子说情，而是在百忙中抽出时间给儿子写了封长信，从革命利益和党的原则出发，帮助允若分析问题，教育他正确对待个人的爱好和国家需要，彻底抛弃错误思想，接受组织和同志们的帮助与批评。刘允若看过信，受到了一些教育，但没有完全解决思想问题，相反地采取了一种消极态度，产生了不惜把身体搞垮，然后被送回国的念头。这样想这样做的结果，使得他的健康状况日渐坏下去，后来还真的病倒了，而且病势不轻，不得不停止学习去休养。经过一段时间的休养，他的疾病得到了治疗，但思想上的毛病依然如故。1956 年新年刚过，他又给父母亲写信，反映大使馆依然不准他转系、转校的情况。他说，对此决定，组织上是服从了，但思想上怎么也服从不了，“从心底里厌恶自己所学的专业，越来越厌恶，兴趣怎么也培养不起来，别人越给我解释专业的重要性，我越感到烦得很。我这样想：让我学，我也没有办法，我就学（因不学不行，组织力量的约束），反正我将来不干这一行，我去做小学教员，我也不干什么‘飞机装备’！”他这时没有学习的兴趣，甚至连生活目标都失去了。他表示，“寄出这封信以后，我等着两件事：一件是也许在不久以后会在大使馆看到我这封信；第二件就是等着一顿骂。说实话，骂我已经习惯领受了”。

面对刘允若这样的思想状况，刘少奇很着急，担心允若会固执己见而无法进步。他很快即给他写了长信，语重心长地劝诫。他先给允若讲道理：学好一门专业并不妨碍个人今后的成就，相反，专业的学习对此后个人的创造、事业的发展是一个很好的基础。还举了孙中山、鲁迅、毛主席的例子来劝服他。然后告诉允若不要悲观，要自信和坚强。针对刘允若信中反映出来的不能正确对待组织和同学们批评的问题，刘少奇在回信中更是反复告诫儿子：古人说“闻过则喜”，这是对待批评的正确态度，每个人都应该习惯于虚心领受同志们的批评。最后，他还欢迎儿子给自己写信反映思想问题，指出儿子思想问题的严重性及其解决办法。围绕这件事，刘少奇前后写了 4 封信，约万余字，正如他在信中所说，这对他来说“是不很容易的”。

这封信体现了刘少奇同志对子女的严格要求，尤其是从思想根源、认识观与价值观等角度深层次看待子女在求学过程中遇到的问题，严厉而不失关爱，体现了我党领导人光明坦荡、正直无私的一面，对后人也极具教育意义。

刘允若在刘少奇和中国驻苏联大使馆党组织的帮助和教育下，提高了认识，按国家的需要服从组织安排，勤奋学习。1960年夏他回国工作，后加入中国共产党。在“文化大革命”中，刘允若受林彪、“四人帮”的迫害，身残致死。

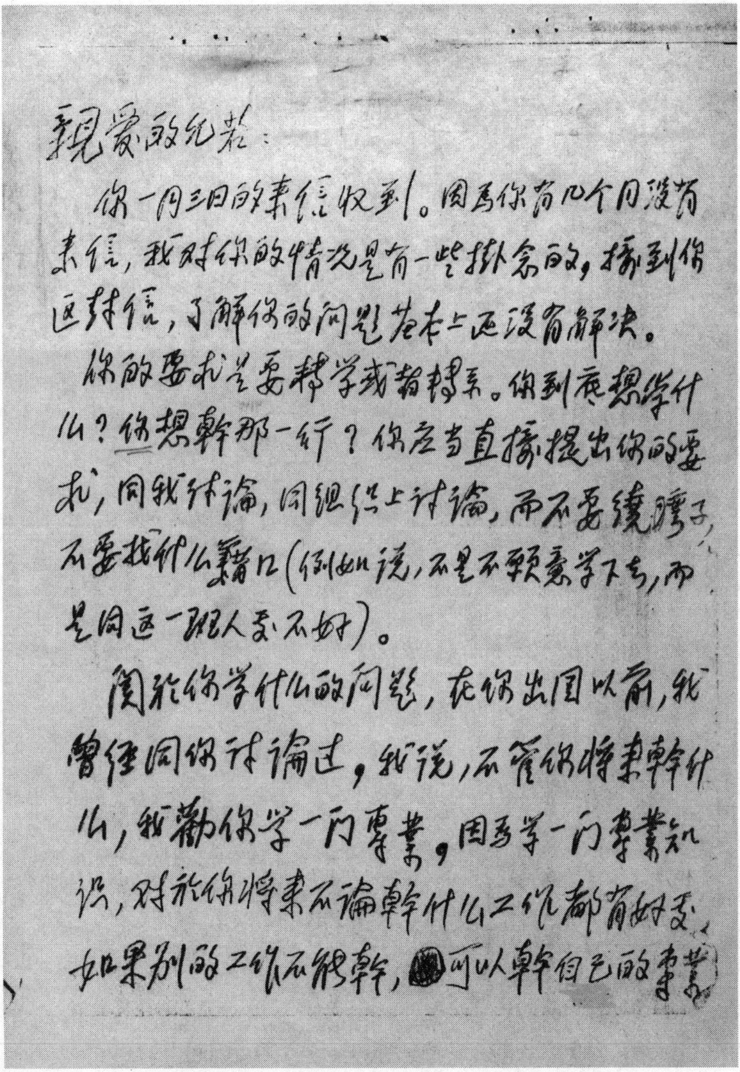

親愛的允若：

你一月三日的来信收到。因為你前几个月沒有来信，我对你的情况是有一些掛念的，接到你這封信，了解你的问題基本上还沒有解决。

你的要求是要轉学或转系。你到底想学什么？你想幹那一行？你应当直接提出你的要求，同我討論，同組織上討論，而不要繞膀子，不要找什么藉口（例如说，不是不願意学下去，而是同这一班人处不好）。

關於你学什么的问題，在你出国以前，我曾經同你討論过，我说，不管你将来幹什么，我勸你学一门專業，因为学一门專業知识，对於你将来不論幹什么工作都有好处，如果别的工作不能幹，可以幹自己的專業

刘少奇给刘允若的信（1956 年 1 月 21 日）（1）

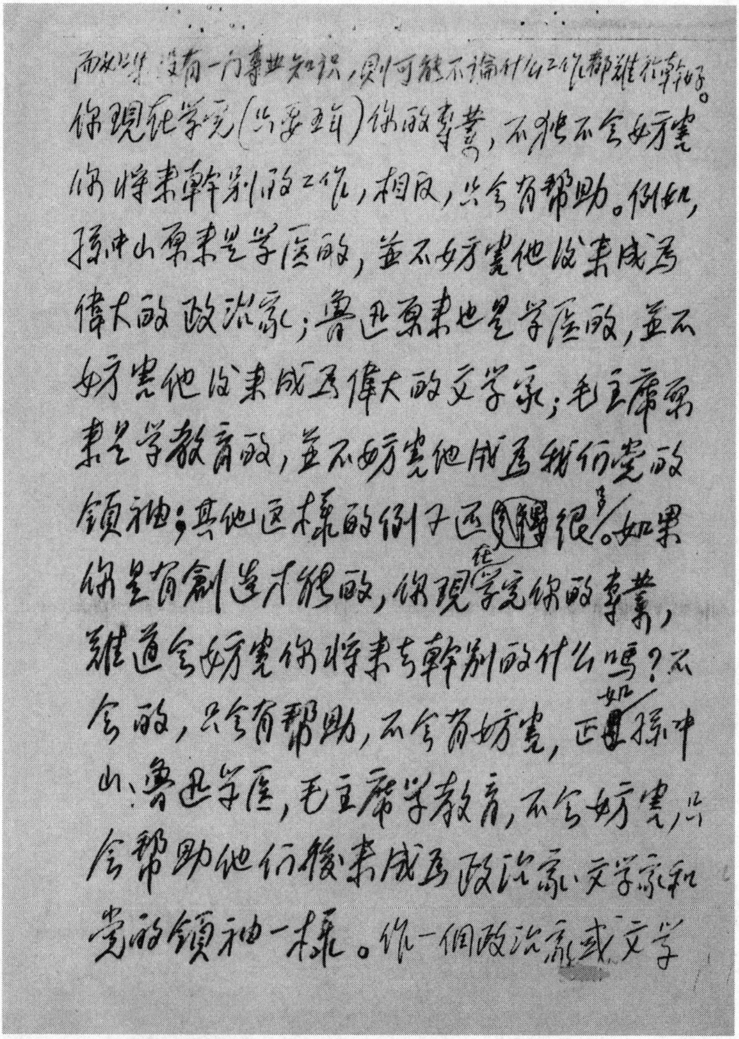
而如果没有一门专业知识，则可能不论什么工作都难于幹好。你现在学完（只要五年）你的专业，不独不会妨害你将来幹别的工作，相反，只会有帮助。例如，孙中山原来是学医的，并不妨害他后来成为伟大的政治家；鲁迅原来也是学医的，并不妨害他后来成为伟大的文学家；毛主席原来是学教育的，并不妨害他成为我们党的领袖；其他这样的例子还很多。如果你是有创造才能的，你现在学完你的专业，难道会妨害你将来去幹别的什么吗？不会的，只会有帮助，不会有妨害，正如孙中山、鲁迅学医，毛主席学教育，不会妨害，只会帮助他们后来成为政治家、文学家和党的领袖一样。作一个政治家或文学

刘少奇给刘允若的信（1956 年 1 月 21 日）（2）

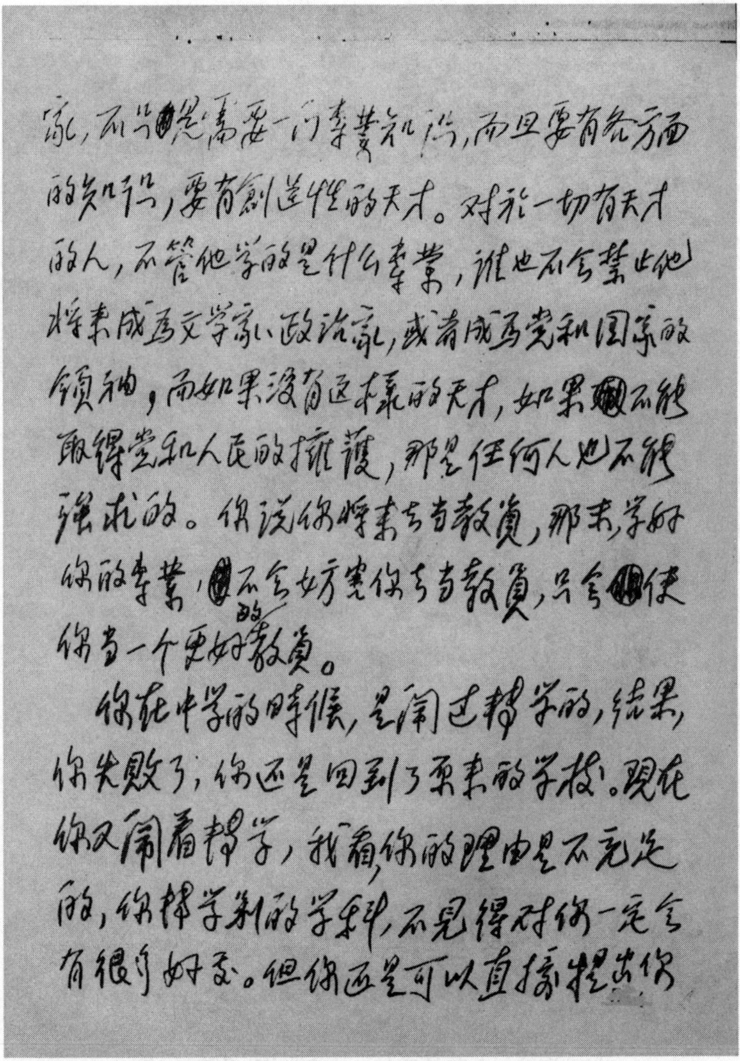

家，不只是需要一门专业知识，而且要有各方面的知识，要有创造性的天才。对于一切有天才的人，不管他学的是什么专业，谁也不会禁止他将来成为文学家、政治家，或者成为党和国家的领袖，而如果没有这样的天才，如果不能取得党和人民的拥护，那是任何人也不能强求的。你说你将来当教员，那末，学好你的专业，不会妨害你当教员，只会使你当一个更好的教员。

你在中学的时候，是闹过转学的，结果，你失败了；你还是回到了原来的学校。现在你又闹着转学，我看你的理由是不充足的，你转学到别的学科，不见得对你一定会有很多好处。但你还是可以直接提出你

刘少奇给刘允若的信（1956 年 1 月 21 日）（3）

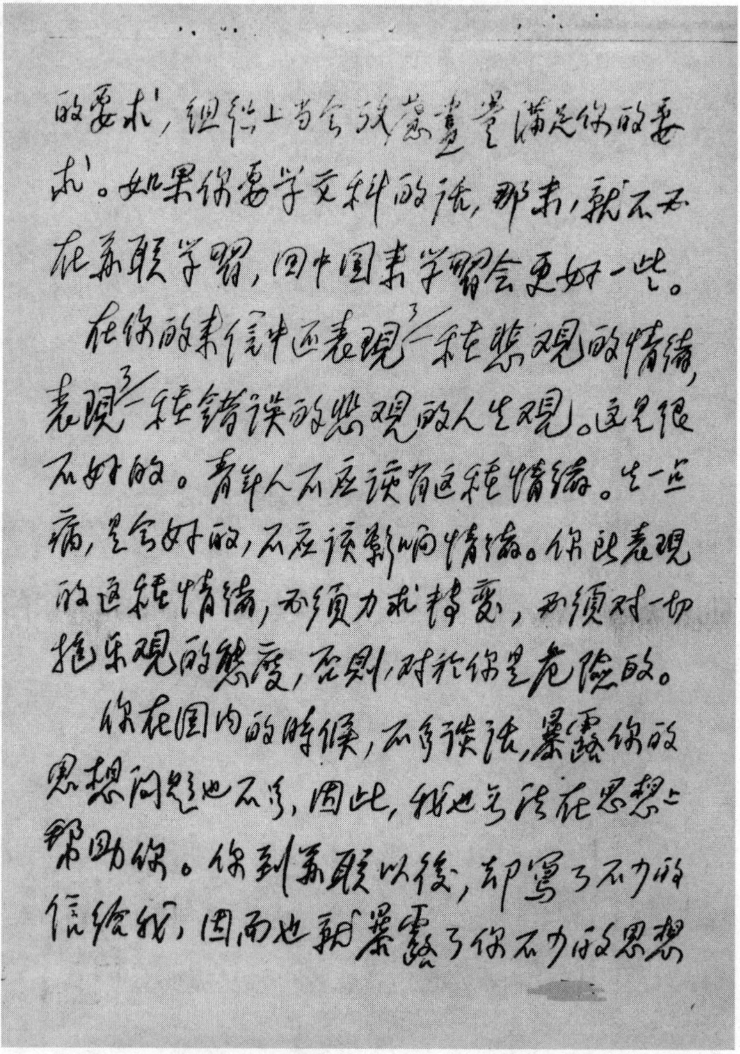
的要求，组织上当会考虑尽量满足你的要求。如果你要学文科的话，那末，就不要在苏联学习，回中国来学习会更好一些。

在你的来信中还表现了一种悲观的情绪，表现了一种错误的悲观的人生观。这是很不好的。青年人不应该有这种情绪。生一点病，是会好的，不应该影响情绪。你所表现的这种情绪，必须力求转变，必须对一切抱乐观的态度，否则，对于你是危险的。

你在国内的时候，不多谈话，暴露你的思想问题也不多，因此，我也无法在思想上帮助你。你到苏联以后，却写了不少的信给我，因而也就暴露了你不少的思想

刘少奇给刘允若的信（1956 年 1 月 21 日）（4）

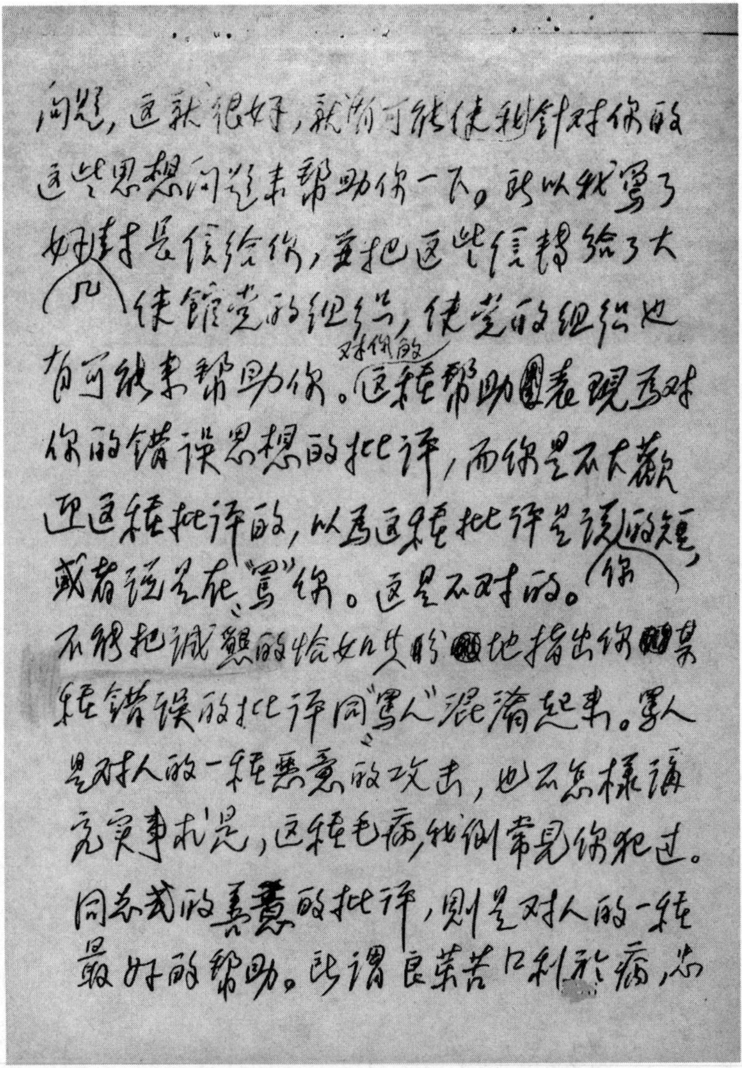

问题，这就很好，就有可能使我针对你的这些思想问题来帮助你一下。所以我写了好几封长信给你，并把这些信转给了大使馆党的组织，使党的组织也有可能来帮助你。这种对你的帮助表现为对你的错误思想的批评，而你是不大欢迎这种批评的，以为这种批评是说你的短，或者说是在"骂"你。这是不对的。不能把诚恳的给以具体的地指出你某种错误的批评同"骂人"混淆起来。骂人是对人的一种恶意的攻击，也不怎样讲究实事求是，这种毛病，我们常见你犯过。同志式的善意的批评，则是对人的一种最好的帮助。所谓良药苦口利于病，忠

刘少奇给刘允若的信（1956 年 1 月 21 日）（5）

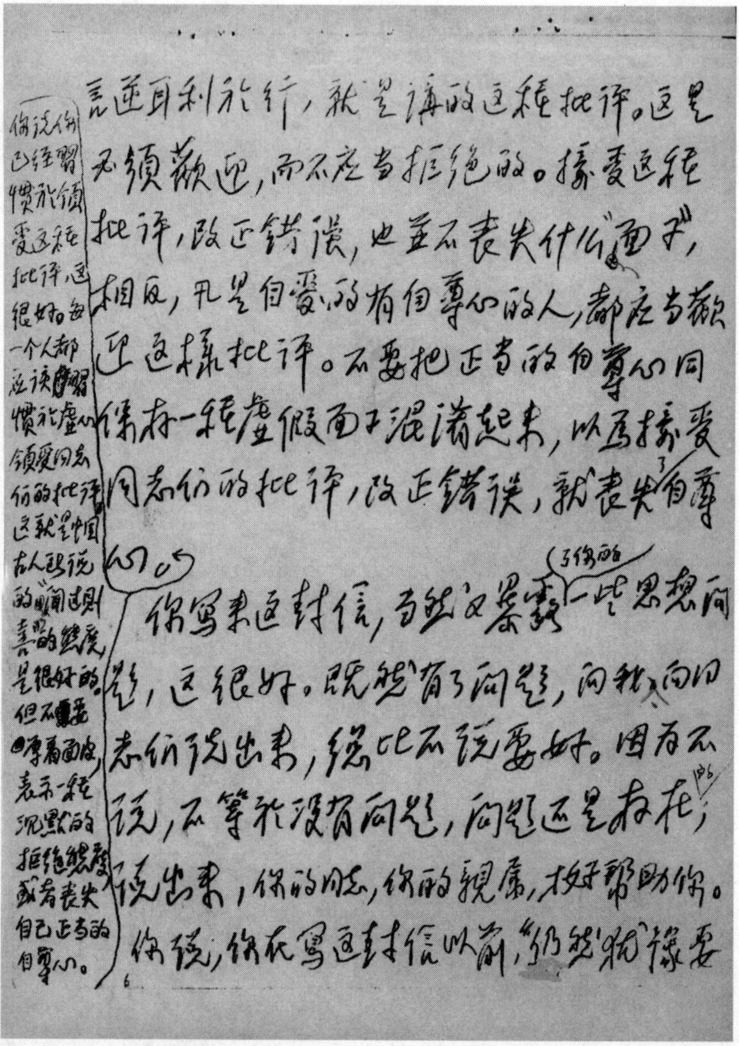

言逆耳利于行，就是讲的这种批评。这是必须欢迎，而不应当拒绝的。接受这种批评，改正错误，也并不丧失什么面子，相反，凡是自爱的有自尊心的人，都应当欢迎这样批评。不要把正当的自尊心同保存一种虚假面子混淆起来，以为接受了同志们的批评，改正错误，就丧失了自尊心。

你写来这封信，当然只暴露了你的一些思想问题，这很好。既然有了问题，向我、向同志们说出来，总比不说要好。因为不说，不等于没有问题，问题还是存在的；说出来，你的同志，你的亲属，才好帮助你。你说，你在写这封信以前，仍然犹豫要

你说你已经习惯于领受这种批评，这很好。每一个人都应该习惯于虚心领受同志们的批评，这就是中国古人说的"闻过则喜"的态度，是很好的。但不应当只看面皮，表示一种沉默的拒绝态度，或者丧失自己正当的自尊心。

6

刘少奇给刘允若的信（1956年1月21日）（6）

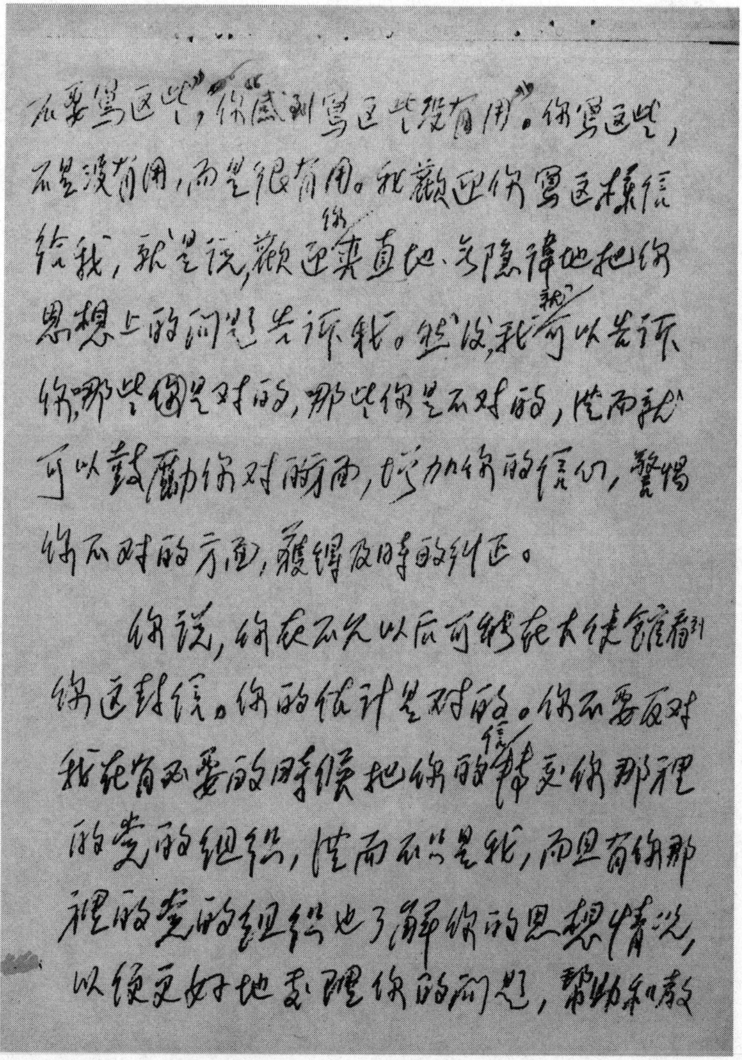

不要写这些"，你感到写这些没有用"。你写这些，不是没有用，而是很有用。我欢迎你写这样信给我，就是说，欢迎你爽直地、无隐讳地把你思想上的问题告诉我。然后，我就可以告诉你，那些你是对的，那些你是不对的，从而就可以鼓励你对的方面，增加你的信心，警惕你不对的方面，获得及时的纠正。

你说，你在不久以后可能在大使馆看到你这封信。你的估计是对的。你不要反对我在有必要的时候把你的信交给你那里的党的组织，从而不只是我，而且有你那里的党的组织也了解你的思想情况，以便更好地处理你的问题，帮助和教

刘少奇给刘允若的信（1956 年 1 月 21 日）（7）

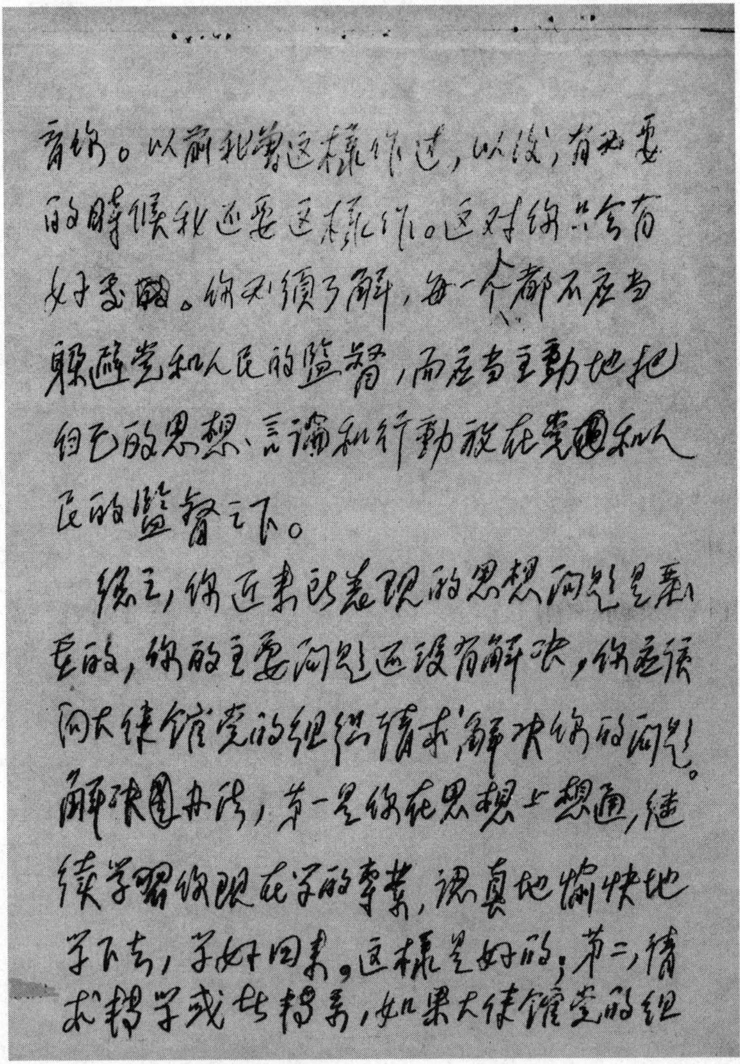

育你。以前我曾这样作过，以后，有必要的时候我还要这样作。这对你只会有好处。你必须了解，每一个人都不应当躲避党和人民的监督，而应当主动地把自己的思想、言论和行动放在党和人民的监督之下。

总之，你近来所表现的思想问题是严重的，你的主要问题还没有解决，你应该向大使馆党的组织请求解决你的问题。解决的办法，第一是你在思想上想通，继续学习你现在学的专业，认真地愉快地学下去，学好回来。这样是好的；第二，请求转学或者转系，如果大使馆党的组

刘少奇给刘允若的信（1956 年 1 月 21 日）（8）

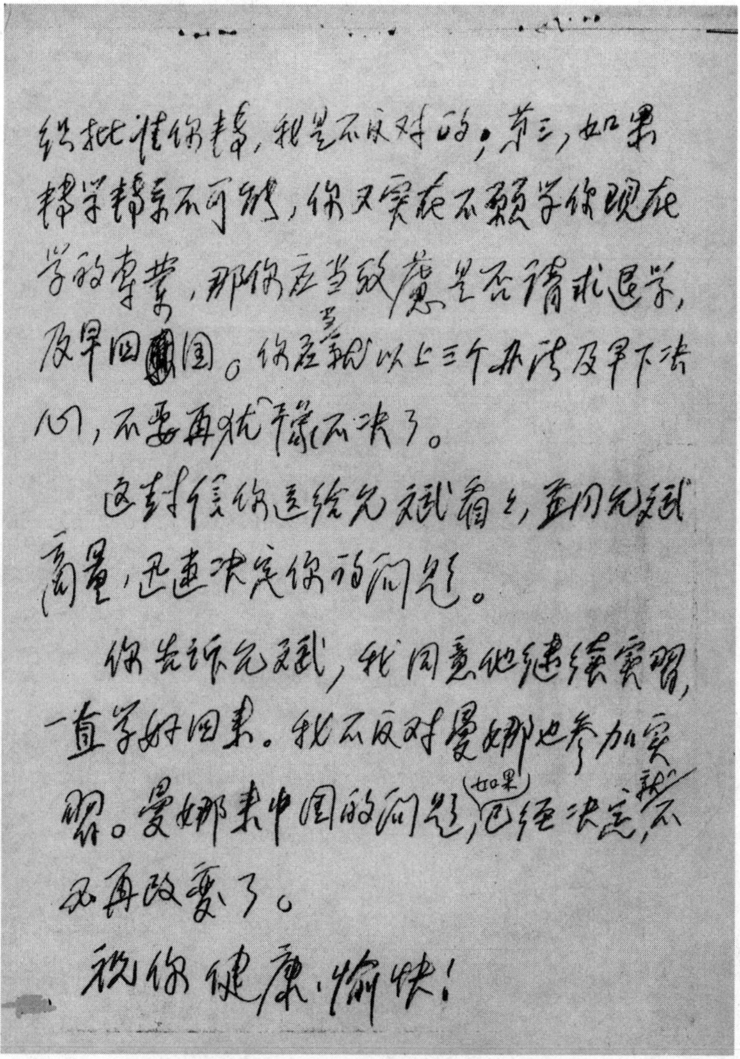

给批准你转学，我是不反对的；第三，如果转学转系不可能，你又实在不愿学你现在学的专业，那你应当考虑是否请求退学，及早回国。你应该就以上三个办法及早下决心，不要再犹豫不决了。

这封信你送给允斌看看，并同允斌商量，迅速决定你的问题。

你告诉允斌，我同意他继续实习，一直学好回来。我不反对爱娜也参加实习。爱娜来中国的问题，如果已经决定，就不必再改变了。

祝你健康、愉快！

刘少奇给刘允若的信（1956 年 1 月 21 日）(9)

毛泽东给李讷的信

(1958 年 2 月 3 日)

李讷：

念你。害病[①]严重时，心旌摇摇，悲观袭来，信心动荡。这是意志不坚决，我也尝尝如此。病情好转，心情也好转，世界观又改观了，豁然开朗。意志可以克服病情。一定要锻炼意志。你以为如何？妈妈很着急，我也有些。找了小员、院长计苏华、主治大夫王历耕、内科大夫吴洁诸同志今天上午开了一会，一致认为大有好转。你昨夜睡了九小时，你跑出房门在小廊上看画报。白血球降下来了，特别是中性血球，已恢复正常。他们说不成问题，确有把握，你可以放心。这点发烧，应当有的，完全正常。妈妈很不放心，打了电话给她，她放心了。李讷，再熬几天，就可完全痊愈，怕什么？我的话是有根据的。为你的事，我此刻尚未睡，现在我想睡了，心情舒畅了。诗一首：青海长云暗雪山，孤城遥望玉门关。黄沙百战穿

---

① 李讷当时住院连续做了两个外科手术，手术后伤口感染，引起发烧。

金甲，不斩楼兰誓不还。① 这里有意志。知道吗？你大概十天后准备去广东，过春节。愿意吧。到那里休养十几天，又陪伴妈妈。亲你。祝贺你胜利，我的娃！

爸爸

二月三日上午十二时

半睡状态执笔，字迹草率，不要见怪。有话叫小员来告我。

【品读】

毛泽东在政治大舞台上，是一位卓越的领袖；在家庭小舞台上，也是一位出色的父亲。他教育子女，突出政治和事业的上进，毅力和品格上的修炼，且有情有理，理寓于情，既当慈父，又当严父。

李讷作为毛泽东的小女儿，一直备受疼爱，而毛泽东对她的教育也格外严格。从小时候起，毛泽东就注意培养她和群众同甘共苦，不搞特殊化，防止产生优越感。在陕北，毛泽东通常吃的“金银元宝饭”，即小米饭里掺一点大米和几块白薯，李讷也一同吃。但是，有一次李讷到食堂见到别人都在吃黑豆，就笑着说：“爸爸你看，阿姨、叔叔们的嘴都是黑的”。毛泽东听了马上引起注意，他严肃地对李讷说：“你不要笑，前方的解放军叔叔就是靠吃黑豆饭打胜仗的呀。黑豆好吃，吃了黑豆也能长胖长高。你也应该带上碗筷和阿姨一块去吃黑豆

① 这是唐朝诗人王昌龄《从军行七首》中的一首。其中第四句是“不破楼兰终不还”。

饭。”于是，小小的李讷也和大人一起吃黑豆饭。从这件小事上我们即可看出毛泽东的教子之道与良苦用心。

这封信体现出的是毛泽东作为父亲极其温情的一面。1958年初，李讷因急性盲肠炎和取小时候打针断在肉里的针头，连续做了两个手术。后一手术因年久断针移位，动刀后一时找不到，医生只得把李讷抬到X光透视室，一边照，一边找，才把生锈的断针取出来。这个手术不顺利，而且是在无菌室外做的，引起伤口感染、发烧。对此，毛泽东非常担心李讷精神上受到影响，不利于恢复健康。因此，他不顾工作的劳累，为解除她的思想负担，当即挥笔草书一信。信中揭示了伟大领袖为自己女儿的病情牵肠挂肚，甚至寝食难安的侧面。同时作为父亲，他不忘时时提醒女儿要培养坚定的意志，因为“意志可以克服病情”。在了解到女儿病情好转后，作为父亲的毛泽东还即兴赋诗一首，体现出伟人的才情，也作为对女儿的鼓励。这种种的背后，我们看到的是一个有着博大胸怀的领导人对自己子女深沉的爱，而这种爱也更让我们感动。

吴玉章给吴本立等的信

（1960 年 2 月 1 日）

本立、本渊、本浔、本蓉①好孩子们：

你们的贺年信我收到后，知道你们学习的成绩都好，使我非常喜欢。本蓉继续保持三好学生的名称；本浔最差的语文一课，这次期考也得了五分；本渊数学竞赛取得了全班第一；本立的学校一九五九年高考成绩是北京市第一，特别值得高兴的是你和同学们抱雄心、立大志、赶福建、超福建，要努力学习，成为全面发展的新人。同学们干劲都非常足。你想学尖端科学：原子能、自动化控制……总之什么最难学、什么最需要，你就想学那一门，任何困难你都不怕。这种坚强的意志是很可宝贵的。你决心要加入共产党，学习共产党员的道德品格，作一个红透专深的共产党员。这很好。现在你还是共青团员，到了合格的年龄自然可以入党，主要的是要政治挂帅，要

① 本立，即吴本立，吴玉章的孙女，当时在中国科技大学读书；本渊，即吴本渊，吴玉章的孙子，当时在哈尔滨军事工程学院读书；本浔，即吴本浔，本蓉，即吴本蓉，他们是吴玉章的孙子，当时在北京上中学。

作一个工人阶级知识分子，一定要有无产阶级的世界观，即马列主义的世界观。

去年年底《中国青年》杂志社特派了两个同志到广州来要董老[①]和我对于青年在中国社会主义建设的新阶段中，要如何树雄心、立大志发表一点意见，我们的谈话登在一月这一期的《中国青年》杂志上[②]，想你已看到了。这一期杂志上有很多好文章。还有《人民日报》今年一月一日《展望六十年代》和一月二十三日《社会主义建设的新阶段》这两个社论是极好的文章，最好的理论联系实际的读物，你必须读来背得。

现在学校教学中所选的中文读物太不能令人满意了。我常告诉你们要把去年我在上海用拼音字母注音的党的六中全会《关于人民公社若干问题的决议》的第一大段约一千五百字读熟，就是为了补助你们的学习读物，必须用点苦功来记诵几篇文章，才能改善现在教学工作中最薄弱的语文教学课。语文和数学是学校学习时期最基本的两门课，你们四人数学都还好，就是语文差。本立这次的信写得很好，文笔通顺，志愿弘大，尤其可喜的是要作一个好共产党员，又红又专的工人阶级知识分子。党的决议和毛主席的著作是现代最好的文章，在书报上你们已经看见许多文章谈这一问题，你们必须细看和互相帮助学习和讨论。不要多花时间去看小说。两个小弟弟还小一点，理论高一点的书还不能看。大的两个已经十七八岁了，正是青

① 董老，即董必武。当时任中华人民共和国副主席。

② 《中国青年》1960年第一期刊载了《革命长辈谈立大志——董老、吴老访问记》一文。

年蓬勃发展的时期，必须趁此时机加十倍百倍地努力学习。

关于个人的品格也就是现在作一个共产党员的品格，你们要熟读刘少奇同志的《论党》和《论共产党员的修养》等书。人民大学出版的《中共八届八中全会学习文件汇编》中选有这些文章，可要来学。

本立信上说你爸爸是一个非常好学的人，很有学问。不错，你父亲震寰是一个很好的水电工程师。他在法国毕业后就在法国作了几年工程师。一九三四年我要他到莫斯科来学马列主义的革命理论，他到后不愿到我们的训练班学习，要到苏联的建设委员会去作水电设计工作，苏联也很欢迎他，我不答应。杨松①同志为他劝我说：他是专家，让他多作一些研究和取得经验，以便将来回国作我们的建设人才。我才答应了。一九三八年他同我回国后不久就在长寿龙渊洞作水电工程师，工作很有成绩。国民党人知道他是我的儿子，久已蓄意害他。一九四九年北京解放后，他很高兴，想把他的病医好后更好为人民政府工作，就在成都华西医院去动手术，两次开刀都延长到三四个钟头，终于把他害死了。多少听到这种以人命为儿戏的医法是特务杀人的行为，但中了敌人的奸计也无法追究了。这就是没有提高警惕，也就是只专不红，为科学而科学，没有政治挂帅的惨痛教训。你们的爸爸是我的好儿子。因为我去日本留学九年（一九〇三——一九一一）使我的儿女没有能够好好地有钱去上学念书，所以中文都不好。你爸爸法文学得很好，

① 杨松，中共党员，1933年调到莫斯科职工国际东方部工作。

数学、科学都有些天才和特长，可惜思想没有得到彻底改造，他只知道跟着我走革命道路就行了，还有资产阶级知识分子的为科学而科学的错误思想。但是他的品质是好的。他常对我说，一九一一年七至九月的短短时间中我教了他许多东西，特别是孟子所说的“富贵不能淫，贫贱不能移，威武不能屈”这三句话。他常常牢牢记在心中，决心身体力行。事实也是如此。国民党虽是知道他是我的儿子，但他没有短处使国民党能陷害他。相反，抗日战争胜利后国民政府行政院长翁文灏，派他为东北接收六人委员之一，要他去接收小丰满水电厂，因为翁知道他人好，工作作得好。但国民党人不让他去东北，而把他派到海南岛去接收，他二月多点时间任务完成后即交与国民党人去升官发财，自己又回到长寿去工作。他的学问品质是好的，可惜没有思想改造、马列主义的世界观，只能是一个好科学家，而不是一个又红又专的工人阶级的知识分子。

你说“要青出于蓝而胜于蓝”，后人要胜过前人，这是马列主义发展学说的真理。你要看上面所说人民大学出版的书二八一页列宁论马克思的辩证法一段①就知道得清楚了。总之由你这次的信看来，你的志气是很好的，但是要虚心学习，不要骄傲自满，对人要和气亲热，走群众路线等等。

至于你对我的估价很高，是的，我是有雄心大志的。我很小时自尊心很强，父、兄教导我要作一个顶天立地的有志气的人。七岁上学记忆力和理解力都很好，很受家庭和亲友的钟

---

① 指中国人民大学出版的《中共八届八中全会学习文件汇编》所载列宁的《卡尔·马克思》一文中的“辩证法”一节。

爱。不幸上学不过三个月父亲就去世了，因家庭怜我幼丧父留在家中侍奉八十三岁的老祖母，过了三年祖母去世。这三年中受了祖母和母亲许多教育，使我决心要作一个好孩子。过了两年我二哥带我到成都尊经书院，他一边学习，一边教我，使我得到非常快的进步。可痛的是母亲急病去世，弟兄奔丧回家十分悲痛，我二哥是一个讲孝道的人，他一定要庐墓三年，我和大哥每晚送他去母墓旁草棚中。当时正是中日开战和中国失败的时候，我们弟兄正在读历史，宋朝受辽金入侵，失败至于亡国，这就使我们有救亡图存的志愿。以后我们对于戊戌变法很赞成，并参加同盟会努力作革命工作。辛亥革命成功不久袁世凯背叛，我又参加了反袁的二次革命，失败的消息传到成都，我二哥回家，因贫病交加，革命又失败，遂自缢而死。

我所以写这些事实告诉你们，是要使你们知道革命有今日这样伟大的胜利不是容易得来。我们现在是处在社会主义阵营和帝国主义阵营斗争的时代，又是东风压倒西风，争取和平共处、和平竞赛，以利我们努力建设社会主义并向共产主义伟大目标前进的时代，国内外形势都大有利于我们。我很庆幸能在我们伟大的党和最英明的毛主席领导之下学习到许多东西，能作一些工作，能够很好地为人民作点有益的事情，来达到我“先天下之忧而忧，后天下之乐而乐”的素愿。我应当作的事情很多：关于历史，特别是关于中国六十年来革命运动史，我有责任把所见所闻和自己亲身经历的事实写出来，党和许多同志都希望我作这一工作，现在还未完成。文字改革我认为是一个特别重要的工作，党和政府把这一责任交给我，现在才开始上路。这一个巨大而长期的工作，还要作一番艰苦奋斗的努力才能有成效。人民公社这一新的、伟大的社会组织，是多年盼望而这两年才产生的，我极愿出一份力量使它日趋完善。这些应作的工作很多，使我不能不以“唯日不足”的心情奋勇前进。我时时觉得对国家、社会贡献太少，而党和政府给我以崇高的地位、优厚的待遇，特别是青年们及我所到地方的同志们、工农广大群众的欢迎接待，使我深深感激，而不敢不力求进步以报答党和政府及人民对我的厚爱。我并无过人的特长，只是忠诚老实，不自欺欺人，想作一个“以身作则”来教育人的平常人。我是以随时代前进不断改造自己，使不至成为时代落伍的人。我常常觉得自己缺点、错误总不能免，去年九月写了一个座右铭①，你们曾经看到，因为用了许多典故，你们不易看懂，待我回北京后和你们细讲。写得太多了，两个小弟弟不易看懂，可请你们妈妈讲解一下。我二月五六号就动身回四川家乡，把家乡的文改工作和人民公社试点工作的许多事情亲身去体验学习一下。在实践中来提高自己。我打算四月中回北京，望你们努力学习。

祝你们春节快乐!

你们的祖父　玉章

1960.2.1

---

① 这个座右铭是：“我志大才疏，心雄手拙。好学问而学问无专长，喜语文而语文不成熟。无枚皋之敏捷，有司马之淹迟。是皆虚心不足，钻研不深之过。年已八一，寡过未能。东隅已失，桑榆非晚。必须痛改前非，力图挽救。戒骄戒躁，毋怠毋荒。”

【品读】

吴玉章是我党老一辈无产阶级革命家。早在青年时代，他就追随孙中山参加了中国同盟会，参与组织在北京谋刺摄政王的行动和广州黄花岗起义。吴家三兄弟都曾加入同盟会，是名副其实的革命之家。然而，吴家为革命也作出了巨大牺牲。吴玉章的二哥在反袁斗争失败后自杀，其女婿和儿子先后死于土地革命战争和全国解放前夕。因此，吴玉章在百忙之余，还承担起培养第三代的职责。他对他们政治上不断教育，生活上严格要求，成为他们追求革命的引路之人。

1938 年 6 月，吴玉章从法国回国，看到几个孙子、孙女、外孙、外孙女都开始长大成人，到了懂知识、求上进的时候，就决定将几个孩子带到延安去学习，让他们接受抗日的锻炼。当几个孩子为此欢呼雀跃时，他却严肃地对他们说："去延安，是件好事，可以学到真本事、真学问。可是，你们要做好精神准备，那里的生活条件差。不但吃不上大米，还得住窑洞，这些你们想过了没有？你们要有吃苦的决心，只有吃得了苦，才能带你们去。"直到几个孩子都纷纷表示有了思想准备的时候，他才答应找机会带他们去延安。

在延安，吴玉章除对他们进行革命理论的教育之外，还经常利用星期天休息的时间带孩子们到一些领袖人物家里去串门。走到毛主席家时，毛泽东便问："你们多大岁数了？上过什么学？为什么来延安？"孩子们一一作答之后，他便高兴地说："希望寄托在年轻人身上，你们一定要好好学习。"吴玉章也经常带孩子们到邓颖超、蔡畅等人家中做客，回来后就给孩子们讲这些老大姐的斗争事迹，以激励和鼓舞孩子们的斗争意志。他还经常给外孙女们讲向警予等党内许多优秀女同志的故事，介绍她们为了革命需要，不顾白色恐怖，在十分险恶的环境里工作，要求孩子们向革命前辈学习，不但在生活上要能吃苦，而且要随时准备为革命事业献身。吴玉章对孩子们的要求是一贯的，建国之后亦是一样。

这封信是吴玉章对孙辈给他贺年信的回信，信中吴玉章没有居高临下，而是与孩子们坦诚交流。他高度肯定孙子们在学习上取得的成绩，认为这种“鼓足干劲、力争上游”的精神值得肯定。随后他谈到了语文学习的问题，认为一些经典的理论文章应该要记诵，他举了刘少奇同志的《论党》和《论共产党员的修养》等书以及人民大学出版的《中共八届八中全会学习文件汇编》作为例子，也表达了对当时语文教材的不满。这可谓是语言学习的经验之谈。

然后，他就自己儿子吴震寰的人生遭遇谈开去，认为他是一个好的工程师，但不是一个“又红又专的知识分子”。在这里，吴玉章实际是在给孙辈们树立正确的人生观与价值观，要求他们做到“又红又专”、“青出于蓝而胜于蓝”。最后，他现身说法，用自己的经历以及所思所想给孙辈们以直接的教诲，告诉他们革命的果实来之不易，应该好好珍惜，努力为人民多做事情，最终实现其“先天下之忧而忧，后天下之乐而乐”的人生抱负。这些无不体现老一辈革命家崇高的革命理想与人生境界，值得后来人认真学习与铭记。

罗荣桓给罗东进的信

(1961 年 4 月 14 日)

东进：

你四月八日[①]来信收到，你所提出的问题，我简略答复如下：

理论学习必须联系实践，因为理论是来自实践，而又去指导实践，再为实践所证明，所补充。如果理论离开实践，就会成为空谈，成为死的东西，学毛主席的著作，亦不要只满足一些现成的语句或条文，重要的是了解其实质与精神。所谓带着问题去学毛主席著作。决不能只是从书上找现成的答案。历史是向前发展的，事物是多样性的，因此也就不可能要求前人给我们写成万应药方。

你同同志们对问题的看法有些不一致，也是很自然的。各人看问题方法没有一致的基础——唯物辩证的基础，还缺乏实践生活。因此同志间互相交换意见，交换不同的看法，甚至必

① 此日期手稿作“八月四日”，误，校改。

须经过争论，才会有可能求得一致。但不要在同志间无论对谁存在成见用事。

你在引用我的话，“要依靠自己吃饭”，看在什么问题上讲的，那不是要把个人与集体存在对立的说法。干部子弟有些不争气，须要互相帮助改正自己，不要轻易给人戴上帽子“腐化”。大致上干部子弟中有特殊优越感，在同学中生活中表示突出，不艰苦朴素，应该劝导要保持革命的光荣传统。

对同志应是互相信任的，是互相听取不同的意见，决不能只相信自己，不相信人家，排斥人家意见。同志们有错误，不仅要批评，还着重在帮助改正。对基层组织干部，老干部，更应该虚心向他们学习。要经常记着毛主席的话，“虚心使人进步，骄傲使人落后”。

你不要经常关心我的身体，我现在作一点工作，有时也在忙一阵，你妈妈的身体，也是无关重要的一些小毛病。你对个人问题的处理，要不忙于考虑，特别慎重。

罗荣桓

四月十四日

字迹潦草，你仔细看，因我久不写字，手发抖。

【品读】

罗荣桓的子女当中，南下和东进是在炮火中出生，战争里长大的。罗东进则是1939年2月12日八路军115师东进山东前夕出生，故名“东进”。由于形势所迫，东进和南下曾被寄养在群众家里，和老乡的孩子一样吃玉米面糊和红高粱煎饼。在那样艰苦的环境下，孩子能活下来，是不容易的。因此，罗帅很疼爱他们。但是，他的“疼爱”却非溺爱，更非娇生惯养，对他们的思想作风，一直是严格要求，从没有放松。

有一年冬天，林月琴给罗东进买了顶棉布帽子，东进嫌样子不好看不愿戴，要买一顶皮的。此事传到罗荣桓的耳朵里，他把东进喊来狠狠批评了一顿：“小小年纪就讲究这讲究那的，这还了得，这样下去，你非忘本不可！”这件事对东进的震动很大。事后，他回忆说：“这件小事，给我留下了终生难忘的印象，它告诉我一条最普通也是最根本的道理：艰苦朴素，永不忘本！”

1958 年修建十三陵水库，在中学读书的罗东进也报名参加劳动。他干活很卖力，在工地上受到了领导的表扬。回家后，罗荣桓很高兴，边询问东进工地上的情况，边看了看他被压破了皮的肩膀，并勉励他说：“这仅仅是开始。劳动人民的肩膀都磨成死茧了。你不要被艰苦吓倒，今后还要更积极地参加劳动。”

东进跨入高等学府的门槛后，罗荣桓仍嘱咐儿子：上大学“决不是要你当什么官，出来摆威风”，而是为了“将来为我们的国防建设做一点贡献，为人民做一点有益的事”。他还谆谆告诫东进，“大致上干部子弟中有特殊优越感，在同学中生活中表示突出，不艰苦朴素，应该劝导要保持革命的光荣传统”。

1959 年到 1965 年，罗东进在哈尔滨军事工程学院导弹工程专业学习。读书期间，他会给父亲写信汇报自己的生活学习情况，还会请教父亲一些问题。这封信即是罗荣桓给儿子的一封回信。他告诉儿子，理论学习要结合实践，所谓

“带着问题读毛著”，极富哲学内涵，也是深厚革命修养的体现。其次，还要团结同学，能够听取不同意见，相互信任、求同存异、共同提高、共同进步。这些都是正确处理与同学之间关系的基本原则。这些均体现了老一辈革命家为了子女的成长与思想进步不断加以引导的良苦用心，也是其宽广胸襟的生动体现。

刘少奇、王光美给刘平平的信

（1963 年 5 月 9 日）

亲爱的平平：

祝贺你就要满十四岁了。希望你的十四岁生日过得有意义。满十四岁，在生理上，就已成长为青年；在智力方面也具有一定的思考能力。我们希望你在满十四岁以后，认真地考虑一下：你到底要做一个什么样的青年？在我们的社会主义新中国里，大多数青年都是有一定的社会主义觉悟的，但是，仍有先进的、一般的和落后的青年之分。做个落后青年，整天想不费力气、不费脑筋，而又能吃得好些、穿得好些、玩得多些，看来，似乎是最讨便宜，最“享福”的；实际上，这样的人，是最苦恼的。他们没有远大理想，不关心别人，只计较吃、穿、玩，计较个人得失，不仅当前不会心情舒畅，将来，也是没有前途，没有用处，经常要处在苦闷和困难中。在困难的、复杂的阶级斗争环境中，在某些关键的时刻，这样的人就很可能变为反对共产党、反对人民、反对共产主义的坏分子。你应当力争上游、不要安于中游，不要做落后分子和自私分子。我们认为，根据你的健康状况、智力条件和你自幼所受的党的教育，你不应当只安于中游，不应当马马虎虎地度过你的青春时期。我们希望你能决心做个进步的、革命的青年，具有远大的共产主义理想，具有雷锋式的平凡而伟大的共产主义精神，能够真正继续承担起革命前辈的革命事业。现在学习要认真、刻苦，热爱劳动，虚心学习别人的优点，关心集体，关心国内外大事，为了人民和集体，可以有所牺牲，并且注意锻炼身体。将来，党和人民需要你做什么，你就可以做好什么工作。当然，要这样做是会有许多困难，要吃苦，要吃一些亏，要受委屈，甚至要牺牲的；但是，只要你真正决心献身于伟大的共产主义事业，决心把我们的国家建设成为富强的社会主义国家，真正关心全世界人民的解放事业，任何困难都是能够克服的，虽然吃了苦，吃了亏，你反而会心情愉快，心情舒畅的。希望你认真地考虑。只要你真正决心做个进步的、革命的青年，永远听党的话，并严格地要求自己、管束自己，依靠老师、同学和家里的帮助，你一定能够给党和人民做出更多的工作，党和人民一定会更喜爱你的。

如果，你认为我们的意见是对的，那么，从现在开始，你就要以一个优秀的共青团员的标准要求自己，共青团员应做到的事，你都要做到，做错了的事，勇敢地改正。这样，等你满了十五岁以后，共青团的组织一定会欢迎你成为共青团的一个正式团员的。

吻你！

爸爸和妈妈

1963，5月9日晚赴越前夕，于昆明。

【品读】

在老一辈领导人当中，刘少奇对子女的严格要求也是出名的。

刘少奇的女儿刘平平和儿子刘源在实验二小读书时，刘少奇曾专门把他们的老师请来，谈了对孩子的教育问题。他对老师说："你们要把我的孩子当作你们自己的孩子那样管，不要迁就他们，不要因为是我的孩子就可以照顾。相反，应当对他们更严格地要求。"

当然，管也要得法，不是把他们捆得死死的，不是束缚他们的手脚。在"管"的同时，又要"放"。那么，什么是放呢？刘少奇又说："放就是吃苦耐劳的事情，经风雨见世面的事情，都要放手让孩子去干，这样可能要跌些跤子，受些挫折，不会是一帆风顺的。但只有这样，才能使他们得到锻炼。""管"与"放"结合，严格要求，刘少奇就是这样教育自己的子女的。

这封信是在女儿刘平平十四岁生日之前，刘少奇夫妇当时刚结束对柬埔寨的访问，回到昆明稍事休息，接着将在5月10日至16日访问越南。信中没有一般父母的儿女情长，而是对女儿寄予厚望，希望她能够做一个"进步的、革命的"青年。希望她从现在就开始认真思考自己的人生目标与事业追求，做好吃苦耐劳、受委屈甚至是牺牲的准备，能够真正为共产主义事业献身。现在看来，对一个十四岁的孩子提出如此高的要求，可能有些为难，但刘少奇夫妇却坚持这么做，这一方面可以起到对子女的激励作用，另一方面也可以让他们更早地树立正确的人生观与价值观。因此，这封信也值得新时代年轻的家长与孩子们一读，并与之共勉。

朱德给朱琦的信

(1965 年 4 月 9 日)

朱琦：

你的来信收到。你这次蹲点的经验，是正确的，作为改变你的思想和工作方法有很大益处。你过去的思想是封建和资本主义的思想交叉的，总是想向上爬，越走越不通，屡说也不改。这使你混过了你的宝贵时间。现在去蹲点，同群众看齐，同吃同卧同劳动，深入了群众中去，就真正会了解社会主义如何建设，如何完成，就会想出很多办法，同群众一起创造出许多新的办法，推向前进。你们铁道部门是接管的企业，过去的旧框框没有打烂，又学苏联的新框框，就是迷失社会主义创造性的一条。现在在毛主席的辩证唯物主义的指导下，敢于创造出社会主义新类型，来改正铁道交通，是成功的。三结合的方法，主要的还是群众。社会主义教育在全国均有很大进步，望你再去蹲点。今后工作要求在现场工作，使你更进步才不会掉队。

朱德

一九六五年四月九日

【品读】

在老一辈革命家中，朱德对子女的教育很严，要求的标准也高。朱琦是朱德唯一的儿子，1916 年朱琦降生时，朱德发现他右耳际有一根细细的“拴马柱”，遂为之取名“保柱”。朱琦出世后，一直放在故乡四川抚养。红军到达陕北后，朱德在繁忙之余，常会勾起对离散多年子女的思念之情。国共第二次合作后的 1937 年 8 月，朱德到南京开会，从当时的国民党军事委员会委员长昆明行辕主任龙云那里得知朱琦在他的部队里，就曾向在四川重庆八路军办事处的周恩来吐露过。周恩来颇能体味老总这番情愫，亲自布置人员依线索寻找，并将朱琦送往延安。朱琦于 1937 年抵达延安，不久就被送到部队基层去锻炼。1943 年，他在战争中右脚负伤，造成了残疾。伤好后被分配到抗大工作。当时学校的条件是很艰苦的，一面学习，一面还要生产。朱德并不因为朱琦是自己的独生子就把他留在自己的身边，更不因为朱琦受了伤就照顾他到机关工作，而是教育儿子要服从党的需要，鼓励他到群众中去学习锻炼。

1948 年秋天，朱琦和自己的妻子赵力平在参加了河北省阜平县的土改工作之后，一起到西柏坡去看望朱德和康克清两位老人。这是新媳妇第一次去见公婆，赵力平不免有些拘谨和激动。朱德看到儿子和儿媳，十分高兴。让他们坐下后，第一句话就问：“你们参加土改，很好。收获一定很大吧？”赵力平回答说：“没做什么工作。”朱德听了这句话后，非常满意地笑了，他说：“工作还是有成绩的。当然，成绩的取得主要有三个原因：一是毛主席革命路线和党的政策的正确；二是你们的领导邓颖超同志、黄华同志都很有水平；三是同志们和群众对你们的帮助。农村阶级斗争这一课，给了你们一次很好的受教育的机会呀！”父亲的一席话，很快消除了儿媳的拘谨心情。朱德接着又语重心长地说：“你们还年轻，今后的革命道路很长，工作还很多。你们都是共产党员，要听党的话。不管做什么工作，要想做好，就要懂得马列主义，要学习毛主席的著作。”临别时朱德叮嘱两个孩子：“你们在土改工作结束后，分配到哪里去工作，要由组织来决定，既然你们两个都是党员，就要服从党的安排。”

后来朱琦从部队转业到地方工作时，临别前又去见父亲。朱德非常关心地对他说：“你对部队工作比较熟悉，到地方就不同了。你应该先到基层去锻炼，从头学起，踏踏实实地干下去，才能学会管理工作的经验。”朱琦被分配到石家庄铁路局工作后，他遵照父亲的教诲，开始当练习生，后来当火车司炉和司机。有一次，他恰巧开的是父亲乘坐的专列，自己还不知道。停车后，领导让他去见见自己的父亲。由于事先没有思想准备，所以连衣服都来不及换。朱德一见到儿子满身油渍和头上、手上的汗污，十分高兴，上前拉住他的手说：“你学会了开火车，这很好！学到一门技术，就应该更好地去为人民服务。”父子俩坐在一起，利用这个难得的机会谈开了心。当朱琦汇报完自己的工作起身告辞时，看到洁白的沙发上被自己坐成了一大片黑印，不好意思地笑了。朱德见状也笑了，说：“没关系。我希望你继续努力学习政治，技术上要精益求精，不要满足现状，要谦虚谨慎，工作要踏实认真。”

从这些生动的事例当中我们可以看到朱德对自己子女的严格要求，这种大公无私的精神，在今天看来尤足珍贵。写这封信时，儿子朱琦已经在铁路系统工作多年，年纪已经很大了，但朱德仍然要求他去基层蹲点锻炼。从中我们可以看到朱德一方面站在国家政策全局的高度来给朱琦讲道理，另一方面还指出朱琦思想与价值观方面的问题，要求他深入群众，争取“社会主义创造性”的成绩。

陈云给陈伟华的信

(1970 年 12 月 14 日)

南南[1]：

十二月八日信今天收到。我万分欢喜（不是十分、百分、千分而是万分），你要学习和看书了。咱家五个孩子中数你单纯幼稚。你虽然已开始工作，但还年轻，坚持下去，可以学到一些东西的。不过每天时间有限，要像你哥哥一样，每天挤时间学。

哲学是马列主义根本中的根本。这门科学是观察问题的观点（唯物论）和观察解决问题的办法（辩证法），随时随处都用得到，四卷毛选的文章，都贯彻着唯物论辩证法。

但是，学习马列主义、增加革命知识，不能单靠几篇哲学著作。我今天下午收到你信后想了一下，我认为你应该这样学。

1. 订一份《参考消息》（现在中央规定中学教员个人都能

① 南南，指陈伟华，陈云的二女儿。

订）。这可以知道世界大势（元元[①]连看了十年了）。不知道世界革命的大事件，无法增加革命知识的（订一份《参考消息》，每月只花五角钱，你应该单独订一份，免得被别人拿走）。

2. 每天看报。最好《人民日报》，如果只有《北京日报》也可以。报纸上可以看出中央的政策（一个时期的重点重复报道，即是党中央的政策）。

只有既看日报，又看《参考消息》，才能知道国内国外的大势。这是政治上进步的必要基础。

3. 找一本《中国近代史》看看（从鸦片战争到解放）。可能作者有某些观点是错误的，但可以看看近一百卅年的历史，没有历史知识就连毛选也看不懂。这种书家内客厅书柜中可能有。不要去看范文澜[②]的古代史，这对你目前没有必要。

4. 找一本世界革命史看看。可能这本书很难找，我也没有看见过这样一本书。如果找不到这本书，那就看：（一）《马克思传》（很难看懂，因有许多人名、事件你都不知道的）。但可看一个概略。这本书现在我处，北京可能买到。曹津生有这本书（我要阿伟[③]看，她看不懂放下来未看）。（二）《恩格斯传》，这本书也在我处。北京可能买到，这本书容易看些。元元在十年前进北京医院割扁桃腺时就看了《马克思传》。（三）《列宁传》，这有两厚册，非卖品，我也带来江西，以后回京时你再看。

5. 马克思、恩格斯、列宁的著作很多，但我看来，只要

---

① 元元，指陈元，陈云的大儿子。

② 范文澜（1893—1969），浙江绍兴人。曾任中国科学院中国近代史研究所所长。

③ 阿伟，指陈伟力，陈云的大女儿。

十本到十五本就可以了。(一)《共产党宣言》是必须看的。(二)《社会主义从空想到科学的发展》。(三)《资本论》你看不懂，先找一本《政治经济学》，其中已把《资本论》的要点记出来了（这本书客厅书柜中可能有）。《共产党宣言》（在马克思全集第四卷），《社会主义从空想到科学的发展》（马恩全集廿一卷）。马恩列斯的全集，我去年离京时要津生为我买了一套共 182 元，可能全在阿伟房内或你楼上房内。

我上面说的书，再加上每天《参考消息》和《北京日报》或《人民日报》，是够你看的了。

其他等我回北京时再谈。看来人大不是四月开就是七月开，我明年六月底一定回北京。

现在每星期下厂三四次，搞四好总评。但再去几次后，就不能下厂了，只能在家里（有暖气，已烧了）看书了。

我身体很好。其他人也很好。勿念。

爸爸

七〇．十二．十四日写，明日进城拉水时投邮

【品读】

1970 年 12 月 8 日，在北京怀柔农村任教的陈伟华给远在南昌下放的父亲写了封信，诉说了自己的学习愿望。陈云接到信后，当天就怀着“万分欢喜”的心情给女儿回信。在信中，他要求女儿首先学习马克思主义的哲学著作，说“哲学是马列主义根本中的根本”。同时，为了使女儿了解国内外形势，把学习理论与学习时事结合起来，他在信中还提出要女儿每天看《参考消息》、《人民日报》或《北京日报》。另外，为了使陈伟

华能理解马列著作，他要求她多看中国近代史和世界革命史方面的书，并告诉她怎样才能找到这方面的书。他在信中说道："马克思、恩格斯、列宁的著作很多，但我看来，只要十本到十五本就可以了。"然后，他又教给女儿，怎样从《马恩全集》中找到必须看的《共产党宣言》和《社会主义从空想到科学的发展》。这封信尽管是父亲给女儿的一封普通家书，但在读者看来，更像是一位智者教导后学读书门径的经验之谈，使后学者深受教益。

图书在版编目（CIP）数据

中共元勋家书品读/唐洲雁，李扬编著．—北京：中国人民大学出版社，2013.1

（历史回眸）

ISBN 978-7-300-17026-8

Ⅰ.①中… Ⅱ.①唐… ②李… Ⅲ.①中国共产党-领导人员-书信集 Ⅳ.①K827=7

中国版本图书馆 CIP 数据核字（2013）第 012561 号

历史回眸

中共元勋家书品读

唐洲雁　李　扬　编著

Zhonggong Yuanxun Jiashu Pindu

出版发行	中国人民大学出版社			
社　　址	北京中关村大街 31 号	邮政编码	100080	
电　　话	010－62511242（总编室）	010－62511770（质管部）		
	010－82501766（邮购部）	010－62514148（门市部）		
	010－62515195（发行公司）	010－62515275（盗版举报）		
网　　址	http://www.crup.com.cn			
	http://www.ttrnet.com(人大教研网)			
经　　销	新华书店			
印　　刷	唐山玺诚印务有限公司			
规　　格	148 mm×210 mm　32 开本	版　　次	2013 年 1 月第 1 版	
印　　张	6.875 插页 2	印　　次	2022 年 9 月第 8 次印刷	
字　　数	131 000	定　　价	24.80 元	